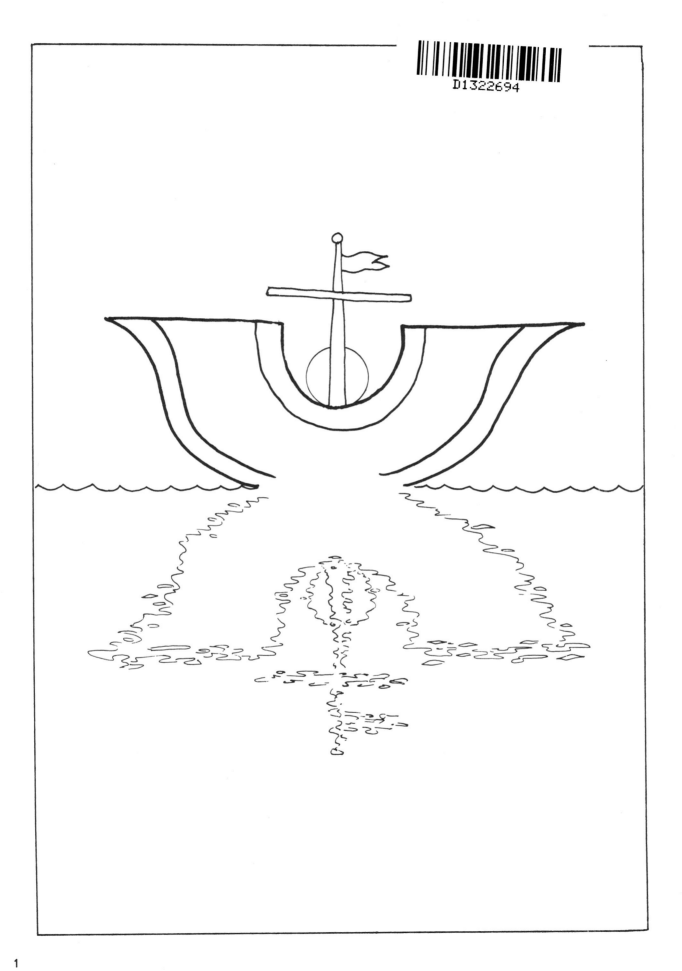
1

INTRODUCCION

ESTA HISTORIA COMIENZA EL AÑO AZTECA 13-CAÑA, 1479 D.C. EN TENOCHTITLAN, CAPITAL DEL MUNDO AZTECA Y EL SITIO DONDE HOY EN DIA ES LA CIUDAD DE MÉXICO. AUNQUE LOS PERSONAJES DE ESTA HISTORIA SON DE CARACTER FICTICIO, TODOS LOS EVENTOS SON DOCUMENTADOS EN LA HISTORIA.

CARACTERES Y FIGURAS HISTORICAS

Chimalma–esposa de Tlilcóatl, el guerrero jaguar.

Cortés, Hernan–líder del ejército español.

Moctezuma Xocoyotzin–"Dios enojado" también conocido como Moctezuma II (el joven), el ultimo y gran gobernante azteca de 1502-1520.

Nauhmitl–"4 Flecha", amigo de la infancia de Tlilcóatl.

Nezahualcoyotl–famoso fil<sofo y gobernante de Texcoco durante su época de oro en el siglo quince.

Orteguilla–Un muchacho español.

Tlilcóatl–"Serpiente Negra," el guerrero jaguar y protagonista de la historia.

Xochiquetzal–"Preciosa pluma, Flor Emplumada," la hermana gemela de Tlilcóatl.

Yancuichuitl–"Pluma Nueva", la hija de Chimalma y Tlilcóatl.

Zico de la Vega–Soldado español, miembro del ejército de Cortés.

Alvarado–Capitan español del ejército de Cortés.

Tlacaelel–Consejero de varios gobernantes aztecas en el siglo quince.

DIOSES AZTECAS

Coatlicue–"La de la Falda de Serpientes", diosa de la tierra.

Huitzilopochtli–"Colibrí Azul a la Izquierda", dios patrón de los aztecas, dios de la guerra, dios del sol, dios a quien los guerreros le dedicaban sus servicios, requería de sangre humana y corazones para alimentarse.

Mictlantecuhtli–"Señor de Mictlan", dios de la muerte y de la obscuridad.

Ometeotl–"Dios Dual", dios y diosa de la dualidad.

Quetzalcoatl–"La Serpiente Emplumada, Gemelo Precioso," creador de la humanidad, patrón de las artes y de la sabiduría. Junto con Tezcatlipoca y Tlaloc, es uno de los dioses principales de la antigua Mesoamérica.

Tezcatlipoca–"Señor del Espejo Humeante", dios de dioses, dios de gobernantes, dios del destino.

Tlaloc–Antiguo dios de la lluvia y de la fertilidad.

Xochipilli–"Príncipe de las Flores", dios de la danza, de la primavera, del amor.

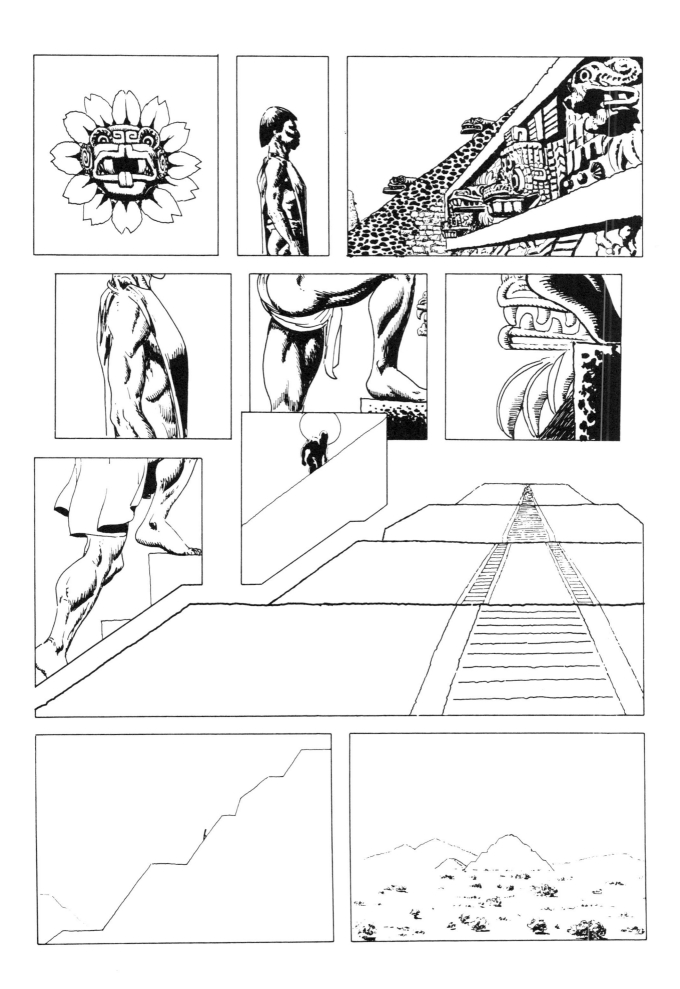

DEDICACION

Esta obra es dedicada en su totalidad a
Davíd ("Fuego") Carrasco,

maestro,

sacerdote,

y

amigo.

Cada una de las páginas de este
libro es dedicada a aquellos quienes
primero inscribieron sus mensajes,
ya sea en cuevas, rocas, o en arena.

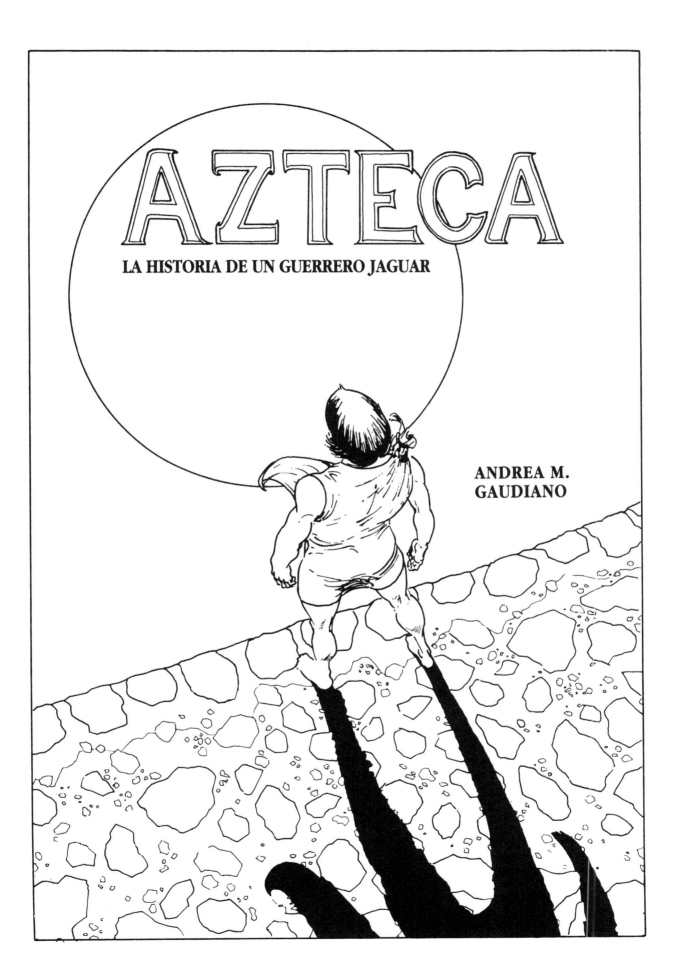

RECONOCIMIENTOS

Candy's Tortilla Factory, Inc., Pueblo, Colorado, bajo los nombres de marca Candy's® y Don Candelario®, generosamente contribuyeron a la publicación de este libro.

RECONOCIMIENTOS DEL AUTOR

Esta lista es larga e incompleta, sin embargo quiero agradecer a todos aquellos que me han guiado hasta ahora:

Mis abuelos (y mis primeras plumas, que eran de ellos); Tirsa Catignani, Carol-y-Tad-Koch; Profesores N. Hill, E. Fredricksmayer, W. Calder, B. Hill, W. Weir, A. Boardman; Timothy Lange, John Severin, Lewis A. Little, Jodie Morris, Burne Hogarth (!). En addición a Dr. Carrasco, nunca soñé en tener el privilegio de conocer al el professor E. Matos Moctezuma, Dr. D. Heyden, y todos los escolares del Templo Mayor, y quiero expresar mi gratitud, *especialmente* a Bertina Olmedo Vera por toda su ayuda, y al Dr. Alfredo López Austin quien contestó muchas de mis preguntas de una manera generosa, amable, y desinteresada, por lo cual estoy endeudado por vida. Scott Sessions, ha sido una gran ayuda invaluable.

Sacha (& B.) Gerrish; Santiago Espinosa; Marnie, mi amiga y fotógrafa en México; Steph y Brock; Paul Barchilon y todos los amigos de Kinko's. A todos los caricaturistas que me han inspirado, y a los músicos (por ejemplo, Shriekback) que me han acompañado. Ramin, H.F.L.F., Marco, amigos, Saremis. Mamma, Papa, Franco, Paolo Karen y Elena, *Stefano y Alessandro*. A mis parientes. (Y al de arriba, y en todos lados, por supuesto.)

GUIAS DEL AUTOR

Quiero expresar mi gratitud a los autores de las obras que he tenido la fortuna de leer, cuyas letras, conocimiento, y pensamientos me han iluminado. Aunque este libro ha sido alimentado por todas las obras en la bibliografía, citas son mencionadas dentro de la historia, ya sea por motivo de la historia misma, o por mi apreciación de estas citas por las cuales he querido incluirlas y rendirlas honores. La lista y lugares de las citas son incluidos en las notas. Irónicamente, la lista de las citas no incluye algunos de los autores que me han influenciado, guiado e inspirado lo más, desde Tony Shearer por una parte hasta el Dr. Alfredo López Austin en la otra. De esta manera, esta obra es un tributo a todos ellos.

Publicado en los Estados Unidos de América por
Roberts Rinehart Publishers,
Post Office Box 666, Niwot, Colorado 80544

Publicado en Gran Bretaña, Irlanda, y Europa por
Roberts Rinehart Publishers,
3 Bayview Terrace, Schull, West Cork,
República de Irlanda

Publicado en Canadá por Key Porter Books
70 The Esplanade, Toronto, Ontario M5E 1R2

Library of Congress Catalog Card Number
91-666-79

International Standard Book Number
1-879373-32-7

Hecho en los Estados Unidos de América

Revisado-Dr. Davíd Carrasco, Universidad de Colorado, Boulder; Scott Sessions, Archivos Mesoaméricanos, Universidad de Colorado, Boulder;

Revista de las Notas-Scott Sessions.

Portada-Stefano Gaudiano
Traducción al Español-Bertina Olmedo Vera

INDICE

EN EL CENTRO DEL MUNDO, EN LA TIERRA ENTRE LAS AGUAS, EN LA CAPITAL DE ANÁHUAC, ENTRE EL

UMBRAL Y EL FOGÓN DE LA CASA, NACIERON DOS CRIATURAS.

DESPUÉS DE ALABAR A LA MADRE TAL Y COMO SE ALABA A UN GUERRERO VALIENTE, LA CARIÑOSA PARTERA LES SUSURRÓ AL OÍDO A LOS PEQUEÑOS.

JOYAS PRECIOSAS, PLUMAS PRECIOSAS, PIEDRAS VERDES PRECIOSAS.

ESTÁN FATIGADOS, ESTÁN EXHAUSTOS.

...USTEDES FUERON CREADOS EN EL LUGAR DE LA DUALIDAD, SOBRE EL NOVENO CIELO.

¿SON USTEDES LA RECOMPENSA QUE NOS HA MANDADO EL SUPREMO OMETÉOTL?

¿SE QUEDARÁN UN POCO EN ESTE MUNDO DE TRABAJO? ¿CONOCERÁN A SUS ABUELOS, A SUS ABUELAS? ¿CONOCERÁN SU LINAJE?

EL PADRE TOMÓ LA MANO DE LA MADRE. AMBOS OBSERVABAN ATENTAMENTE ...

... DESPUÉS, LA PARTERA SUSURRÓ AL OÍDO DEL NIÑO RECIÉN NACIDO.

MI MUY AMADO Y TIERNO HIJO. HE AQUÍ LAS ENSEÑANZAS DE NUESTROS DIOSES:

ESTE LUGAR DONDE HAS NACIDO, NO ES TU VERDADERA CASA. TU PROPIA TIERRA, TU PATRIMONIO Y TU DESTINO ES LA CASA DEL SOL.

"AHÍ HABITARÁS Y TE REGOCIJARÁS EN SU SERVICIO, SI, POR FELIZ FORTUNA, ERES MERECEDOR DE MORIR ..."

"... LA MUERTE FLORIDA."

DESPUÉS, ELLA CORTÓ CON DELICADEZA LOS CORDONES UMBILICALES DE LOS BEBÉS Y LOS PUSO EN UN LUGAR SEGURO,

DONDE PERMANECERÍAN HASTA EL DÍA DE LA CEREMONIA DE PONERLES NOMBRE.

EL NACIMIENTO TRAJO TANTA ALEGRÍA A TODOS LOS SERES QUE RODEABAN A LOS PADRES, QUE A SU VEZ LOS CONGREGÓ A TODOS EN TORNO A LOS PEQUEÑOS.

ASÍ TRANSCURRIERON MUCHOS DÍAS, HASTA QUE NO FUE POSIBLE RETRASAR POR MÁS TIEMPO LA CEREMONIA DEL NOMBRAMIENTO DE LOS NIÑOS. ESTE DÍA TODOS ERAN INVITADOS, Y CADA INVITADO ERA AGASAJADO CON FLORES E EL MÁS ALEGRE DE LOS BANQUETES.

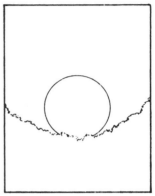

AL AMANECER..

DESDE EL PRECIOSO MAÍZ COTIDIANO, HASTA LA SALUD; DESDE EL CANTO, HASTA LA VIDA MISMA. FLOR Y EL

Y ENTONCES OMETÉOTL, DIOSA Y DIOS DE LA DUALIDAD,

... LOS NIÑOS FUERON BAÑADOS Y OFRECIDOS A LOS DIOSES, Y A LOS DIOSES SE LES PIDIÓ QUE COLMARAN A LOS PEQUEÑOS DE DONES:

SOPLÓ SU ALIENTO SOBRE LOS PEQUEÑOS.

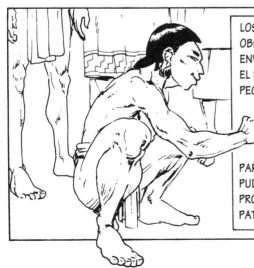

LOS HUMANOS POR SU PARTE, OBSEQUIARON DOS ENVOLTORIOS A LOS DOS BEBÉS. EL DEL NIÑO TENÍA UNA PEQUEÑA PALA Y FLECHAS. ÉSTAS FUERON ATADAS CON EL CORDÓN UMBILICAL Y DEBÍAN SER ENTERRADAS EN EL CAMPO DE BATALLA, PARA QUE A SU TIEMPO, ÉL PUDIERA SALVAGUARDAR Y PROTEGER LA TIERRA Y LA PATRIA.

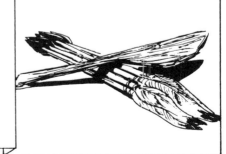

LA NIÑA RECIBIÓ UNA PEQUEÑA CESTA Y UN HUSO PARA HILAR QUE DEBÍAN SER ENVUELTOS Y ENTERRADOS CERCA DEL FOGÓN,

PARA QUE AL CRECER CUIDARÁ Y SALVAGUARDARÁ LA CASA Y LA FAMILIA.

SE HICIERON DISCURSOS Y SE RECITÓ POESÍA HASTA MUY ENTRADA LA NOCHE,

¡Y LA FIESTA ESTABA TAN ANIMADA, QUE SE DECÍA QUE DESDE AFUERA SE OÍA COMO UNA JAURÍA DE 400 PERROS LADRANDO!

PERO MIENTRAS ESTO SUCEDÍA,

UNA FIGURA SOLITARIA HUÍA FURTIVAMENTE EN MEDIO DE LA OSCURIDAD,

GUARDANDO CELOSAMENTE EN SU MENTE EL SECRETO SUSURRADO A SU OÍDO POR LA MADRE DE LOS BEBÉS:

"TOMA EL CORDÓN UMBILICAL CON EL ATADO DE FLECHAS.
NO LO ENTIERRES EN EL CAMPO DE BATALLA DEL ENEMIGO. YA SABES LO QUE LE SUCEDIÓ A MI PADRE Y A MI HERMANO.
LLÉVATE EL ATADO TAN LEJOS COMO PUEDAS; ENTIÉRRALO LEJOS DE CUALQUIER CAMPO DE BATALLA ...

... LEJOS DE CUALQUIER ENEMIGO. DEJA QUE MI HIJO VIVA PARA VER CRECER A SUS NIETOS."

POR TRECE DÍAS ÉL VIAJÓ, ATRAVESANDO MONTAÑAS, VOLCANES Y VALLES, EN CONTRA DE LA DIRECCIÓN DEL SOL, TAN LEJOS COMO PUDIERA IR, Y AÚN MÁS LEJOS. LEJOS DE TENOCHTITLAN Y LEJOS DE TODOS SUS ENEMIGOS.

EL AMIGO LEAL SE DETUVO EN LA ORILLA DE LA TIERRA.

TOMÓ EL ATADO DE FLECHAS AMARRADO CON EL CORDÓN UMBILICAL DEL NIÑO,

Y LO LANZÓ AL OCÉANO.

¿VAMOS A COMPRAR UNA COMO ÉSA?

¡JE, JE! ... NO, PEQUEÑO.

SOLAMENTE LOS SOLDADOS DE MÁS ALTO RANGO USAN ÉSAS.

AUNQUE HOY, ADEMÁS DE TU CAPA Y DE TU FALDA, COMPRAREMOS UN POCO DE ESE PRECIOSO ALGODÓN–UN POCO DE QUACHTLI.

MAMÁ HA RECIBIDO EL ENCARGO DE HACER UNA MANTA ESPECIAL PARA UNA CEREMONIA IMPORTANTE.

¡¡¡ QUACHTLI QUACHTLI Y MÁS QUACHTLI !!!

¿QUÉ ES LO QUE TIENE?

SÓLO LO MÁS FINO, SEÑOR.

POR SÓLO UNA BOLSA DE GRANOS DE CACAO O ALGUNAS BUENAS PIEZAS DE COBRE USTED PUEDE ...

¿SÓLO LO MÁS FINO?

SÍ QUE LO ES, SEÑOR.

¡ESTOS SON REMIENDOS, PERRO!

¡QUÉ QUIERE DECIR, SEÑOR!

¡AÚN UN CIEGO PUEDE VER ESTOS SON DESPERDICIOS DE ALGODÓN!

¡YO MISMO LO SELECCIONÉ, SEÑOR!

SI—Y LUEGO LO PARCHASTE, LO ABLANDASTE, LO REMENDASTE, Y LO TRATASTE CON MASA DE MAIZ,

LO LAVASTE CON CENIZAS, LO GOLPEASTE, LO APORREASTE Y LO PEGASTE CON TORTILLAS MOLIDAS.

¿POR QUÉ NO LO LLEVAS CON LOS VENDEDORES DE PETATES? A LO MEJOR TE DAN DOS POR UNO.

¡DISCULPE USTED!

¡DESHASTE DE ÉL ANTES DE QUE LLAME A LOS JUECES DEL MERCADO!

¡PSSST! PEQUEÑO NIÑO ...

¿QUIERES COMPRAR UN SILBATO?

TIENE LA FIGURA DE UN CHANGUITO.

¿PAPÁ?

¿POR FAVOR?

GRACIAS.

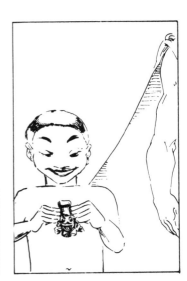

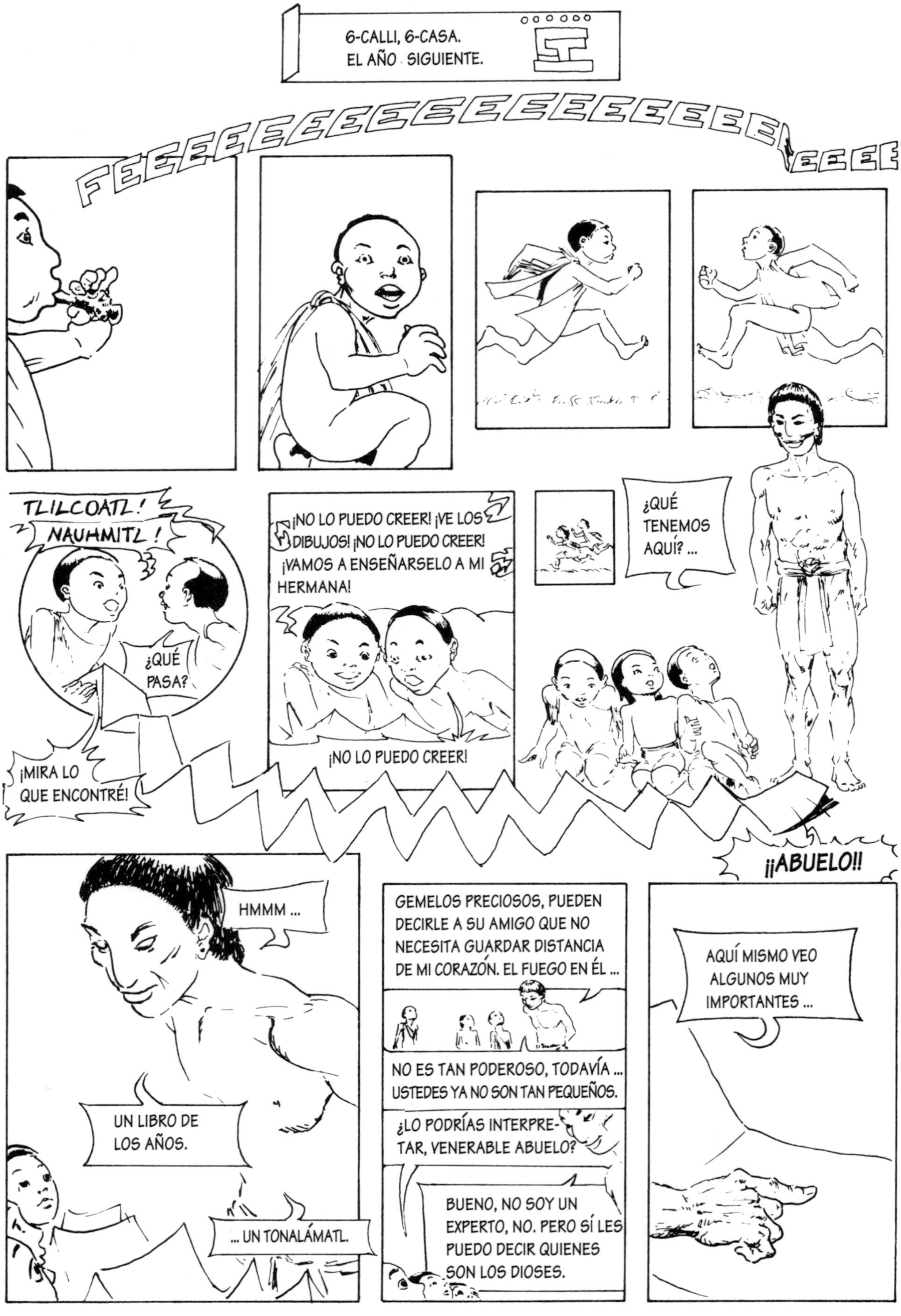
6-CALLI, 6-CASA.
EL AÑO SIGUIENTE.
FEEEEEEEEEEEEEEEEEEEEEE
TLILCOATL! NAUHMITL!
¿QUÉ PASA?
¡MIRA LO QUE ENCONTRÉ!
¡NO LO PUEDO CREER! ¡VE LOS DIBUJOS! ¡NO LO PUEDO CREER! ¡VAMOS A ENSEÑARSELO A MI HERMANA!
¡NO LO PUEDO CREER!
¿QUÉ TENEMOS AQUÍ? ...
¡¡ABUELO!!
HMMM ...
UN LIBRO DE LOS AÑOS.
... UN TONALÁMATL.
GEMELOS PRECIOSOS, PUEDEN DECIRLE A SU AMIGO QUE NO NECESITA GUARDAR DISTANCIA DE MI CORAZÓN. EL FUEGO EN ÉL ...
NO ES TAN PODEROSO, TODAVÍA ... USTEDES YA NO SON TAN PEQUEÑOS.
¿LO PODRÍAS INTERPRETAR, VENERABLE ABUELO?
BUENO, NO SOY UN EXPERTO, NO. PERO SÍ LES PUEDO DECIR QUIENES SON LOS DIOSES.
AQUÍ MISMO VEO ALGUNOS MUY IMPORTANTES ...

TLALOC

"EL PROVEEDOR. ÉL NOS MANDA EL AGUA PRECIOSA PARA LAS COSECHAS, PARA NUESTRA VIDA. LO PUEDEN RECONOCER POR SUS LARGOS DIENTES Y SUS GRANDES OJOS REDONDOS."

"AUNQUE SE LE CONOCE CON DIFERENTES NOMBRES, ÉL ES VENERADO EN TODO, EL ANÁHUAC."

HUITZILOPOCHTLI

"EL COLIBRÍ AZUL DE LA IZQUIERDA. ÉL FUÉ EL QUE GUIÓ A NUESTROS ANCESTROS DESDE AZTLAN HASTA TENOCHTITLAN, NUESTRA CAPITAL."
"ÉL ES EL DIOS DE LA

EL CETRO EN FORMA DE SERPIENTE QUE LLEVA EN LA MANO, POR LA BANDA NEGRA CON PUNTOS QUE TIENE ALREDEDOR DE SUS OJOS."

GUERRA, EL GUARDIÁN DEL SOL QUE VIAJA DÍA A DÍA A LA IZQUIERDA DE LA LÍNEA CENTRAL DEL CIELO DIURNO."
"LO PUEDEN RECONOCER POR

TEZCATLIPOCA.

ESPEJO
HUMEANTE. CELOSO.
VENGATIVO. SEMBRADOR
DE DISCORDIA. BUENO, MALVADO,
DIOS GUERRERO DEL DESTINO. ASOCIADO
CON LOS MONSTRUOS NOCTURNOS, TEZCATLIPOCA
PUEDE TOMAR CUALQUIER FORMA QUE ÉL
QUIERA; PUEDE TOMAR UNA FORMA
HUMANA GROTESCA Y DAR BATALLA
A LOS GUERREROS POR LA NOCHE
...PARA PROBAR SU VALENTÍA.
EN LUGAR DE SU PIE DERECHO
~DEVORADO POR EL MONSTRUO
DE LA TIERRA~
TIENE UN ESPEJO
QUE HUMEA; CON
ESTE ESPEJO ÉL
PUEDE VER
TODO; ÉL ES
SEÑOR DE
TODAS PARTES.
A VECES ÉL DA
RIQUEZAS Y
OTRAS VECES,
MISERIA.
TEZCATLIPOCA
ES DIOS DE LA
PROVIDENCIA:
PUEDE DAR LA
VIDA Y COSAS
BUENAS, PERO A
MENUDO TOMA
VENGANZA Y SE
VUELVE DESTRUCTIVO Y
MALVADO. ES PATRÓN DE
LOS GUERREROS JUNTO CON
HUITZILOPOCHTLI. ES DIOS
DEL CIELO NOCTURNO, DIOS DE
LAS SOMBRAS. ES UN TERRIBLE
EMBAUCADOR; CON SU ASTUCIA
DERRUMBÓ AL GRAN IMPERIO
TOLTECA. Y SI LLEGARA A ESTAR
IRACUNDO, O DESEARA ESTARLO, PODRÍA
DERRIBAR LOS CIELOS Y PERECERÍAMOS.
EN CIERTO SENTIDO, NO
PUEDE ESCAPAR
DE TEZCATLI
POCA.

QUETZALCOATL.

SERPIENTE EMPLUMADA, GEMELO PRECIOSO, LE DIO LA VIDA A LOS HUMANOS. AQUÍ LO TENEMOS EN SU FORMA FAMILIAR DE DIOS DEL VIENTO, CON SU LARGO PICO Y EL JOYEL DEL VIENTO EN SU PECHO DEBAJO DE LAS CONCHAS. ES EL ETERNO OPONENTE DE TEZCATLIPOCA, Y A UNA OCASIÓN, ¡LO CORRIÓ A GOLPES DEL CIELO! ¡PERO TAMBIÉN TEZCATLIPOCA LO HABÍA ECHADO UNA VEZ DEL CIELO! QUETZALCOATL TAMBIÉN RETÓ A MICTLANTECUHTLI, EL DIOS DE LA MUERTE; ÉL VIAJÓ AL INFRAMUNDO Y LOGRÓ ESCAPAR CON LOS HUESOS DE LOS SERES VIVOS ANTERIORES. Y CON ESTO', HUESOS, NOS DIO LA VIDA. CREADOR DEL CALENDARIO, PROTECTOR DE LOS GEMELOS, PATRÓN DE LOS ARTESANOS Y ARTISTAS, ÉL ES EL PADRE DE TODAS LAS ARTES Y DE LA SABIDURÍA. DICEN QUE POR UN TIEMPO QUETZALCOATL VIVIÓ Y HABLÓ A TRAVÉS DE UN HOMBRE—UN ANTIGUO Y BARBADO CAUDILLO TOLTECA—QUE TOMÓ SU NOMBRE. PERO ESTE HOMBRE FUE ENGAÑADO Y EXPULSADO DE SU TIERRA POR TEZCATLIPOCA. Y ENTONCES DESAPARECIÓ EN EL OCÉANO Y SE CONVIRTIÓ EN LA ESTRELLA DE LA MAÑANA. UN DÍA, EN EL MISMO AÑO DE SU NACIMIENTO —1 CAÑA— ÉL PROMETIÓ QUE REGRESARÍA.

SOMOS COMO LA SANGRE.

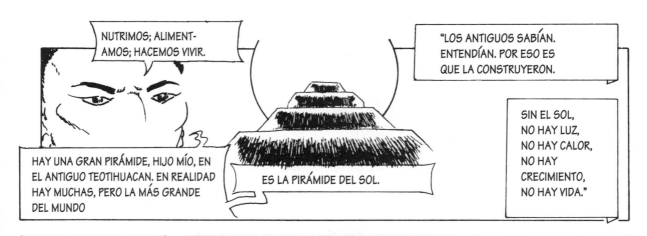

NUTRIMOS; ALIMENTAMOS; HACEMOS VIVIR.

"LOS ANTIGUOS SABÍAN. ENTENDÍAN. POR ESO ES QUE LA CONSTRUYERON.

HAY UNA GRAN PIRÁMIDE, HIJO MÍO, EN EL ANTIGUO TEOTIHUACAN. EN REALIDAD HAY MUCHAS, PERO LA MÁS GRANDE DEL MUNDO

ES LA PIRÁMIDE DEL SOL.

SIN EL SOL, NO HAY LUZ, NO HAY CALOR, NO HAY CRECIMIENTO, NO HAY VIDA."

HACE MUCHOS, MUCHOS, MUCHOS, AÑOS ...

"HUBO UN PRIMER SOL. PERO SURGIERON CELOS Y PELEAS ENTRE LOS DIOSES PARA DECIDIR QUIEN ACOMPAÑARÍA AL BRILLANTE DISCO A TRAVÉS DEL CIELO.

Y CON SUS CELOS DERRIBARON AL SOL E INUNDARON LA TIERRA. SE HIZO LA OSCURIDAD. TODO PERECIÓ. EL MUNDO DEJÓ DE EXISTIR. PERO DESPUÉS, UN SEGUNDO DIOS SE CONVIRTIÓ EN EL SOL; Y UN TERCERO; Y DESPUÉS UN CUARTO.

CADA VEZ ESTOS SOLES FUERON DESTRUIDOS POR LAS DISPUTAS ENTRE LOS DIOSES ...

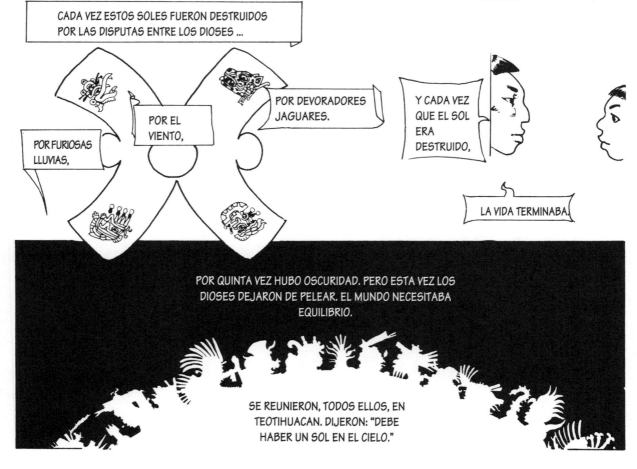

POR EL VIENTO,

POR DEVORADORES JAGUARES.

POR FURIOSAS LLUVIAS,

Y CADA VEZ QUE EL SOL ERA DESTRUIDO,

LA VIDA TERMINABA.

POR QUINTA VEZ HUBO OSCURIDAD. PERO ESTA VEZ LOS DIOSES DEJARON DE PELEAR. EL MUNDO NECESITABA EQUILIBRIO.

SE REUNIERON, TODOS ELLOS, EN TEOTIHUACAN. DIJERON: "DEBE HABER UN SOL EN EL CIELO."

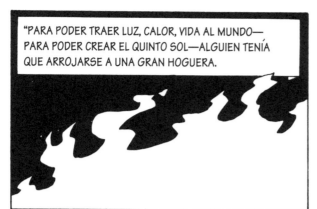

"PARA PODER TRAER LUZ, CALOR, VIDA AL MUNDO— PARA PODER CREAR EL QUINTO SOL—ALGUIEN TENÍA QUE ARROJARSE A UNA GRAN HOGUERA.

"DOS DE LOS DIOSES SE OFRECIERON VOLUNTARIAMENTE.

"UNO ERA RICO Y PODEROSO; SE PREPARÓ OFRECIENDO COPAL Y LIQUIDÁMBAR A LA DUALIDAD CREADORA DE LOS DIOSES. EL OTRO ERA POBRE Y ENFERMO; SOLO PODÍA OFRECER BOLAS DE HENO Y ESPINAS DE MAGUEY TEÑIDAS CON SU PROPIA SANGRE."

EL RICO ERA COBARDE, Y NO SE ATREVIÓ A SALTAR DENTRO DEL FUEGO. EL DÉBIL—EL VERDADERO VALIENTE—

... BRINCÓ A LAS LLAMAS. SÓLO ENTONCES SE ATREVIÓ EL OTRO

Y SE CONVIRTIÓ EN LA LUNA.

LOS DEMÁS DIOSES MIRARON CON APREHENSIÓN HACIA TODAS LAS OSCURAS DIRECCIONES.

HASTA QUE FINAL, MENTE EL SOL,

FRUTO DEL SALTO DEL DIOS DENTRO DE LA HOGUERA

... ERMERGIÓ SOBRE EL HORIZONTE.

PERO ERA DÉBIL Y TEMBLOROSO, APENAS PODÍA SOSTENERSE, LE FALTABA EL ALIMENTO ...

...Y EL VIGOR QUE NECESITABA PARA HACER SU DIARIO VIAJE LUMINOSO A TRAVÉS DEL CIELO.

Y ASÍ, TODOS LOS DIOSES REUNIDOS, UNO POR UNO, SACRIFICARON SUS PROPIAS VIDAS, PARA DARLE FUERZA AL SOL.

TODOS DIERON SUS VIDAS,

PARA QUE EL SOL PUDIERA VIVIR.

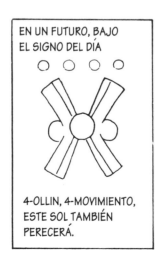

EN UN FUTURO, BAJO EL SIGNO DEL DÍA

4-OLLIN, 4-MOVIMIENTO, ESTE SOL TAMBIÉN PERECERÁ.

ALGUNOS DICEN QUE ÉSTE ES EL ÚLTIMO SOL, QUE CUANDO ESTE SOL MUERA,

DEJAREMOS DE EXISTIR PARA SIEMPRE.

PERO ESTO LO SABEMOS,

Y ESTO LES DIGO: MIENTRAS NOSOTROS— YO, TODOS NOSOTROS, LOS AZTECAS,

NUESTROS VECINOS, NUESTROS ALIADOS, AÚN NUESTROS ENEMIGOS—Y ALGÚN DÍA ...

... USTEDES TAMBIÉN—TODOS NOSOTROS—

MIENTRAS MANTENGAMOS VIVO AL SOL, MIENTRAS ...

MANTENGAMOS AL SOL EN EL CIELO: HABRÁ VIDA.

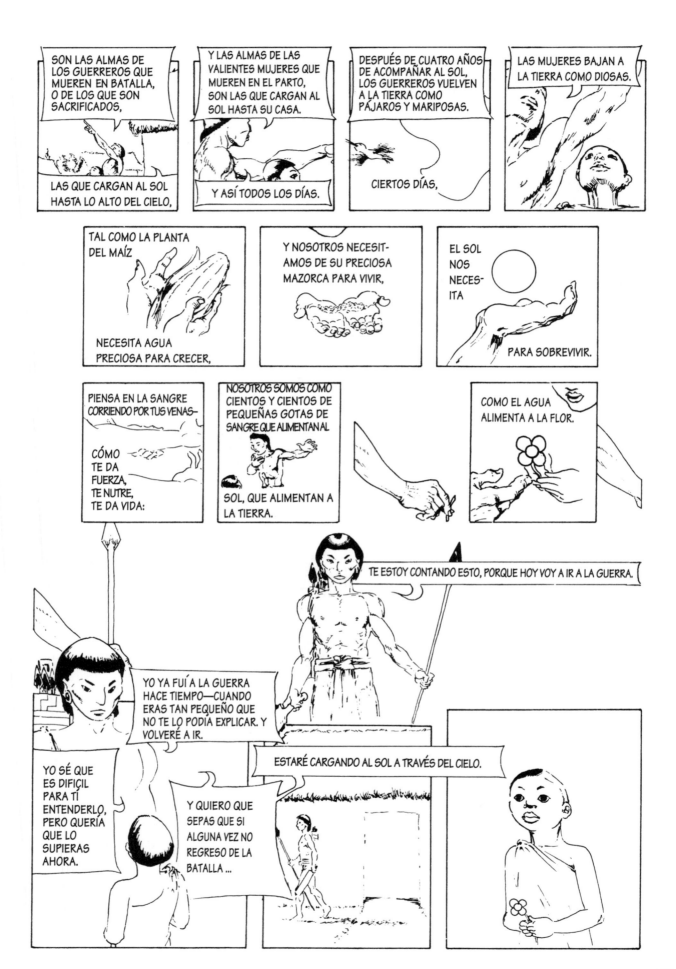

SON LAS ALMAS DE LOS GUERREROS QUE MUEREN EN BATALLA, O DE LOS QUE SON SACRIFICADOS,

LAS QUE CARGAN AL SOL HASTA LO ALTO DEL CIELO,

Y LAS ALMAS DE LAS VALIENTES MUJERES QUE MUEREN EN EL PARTO, SON LAS QUE CARGAN AL SOL HASTA SU CASA.

Y ASÍ TODOS LOS DÍAS.

DESPUÉS DE CUATRO AÑOS DE ACOMPAÑAR AL SOL, LOS GUERREROS VUELVEN A LA TIERRA COMO PÁJAROS Y MARIPOSAS.

CIERTOS DÍAS,

LAS MUJERES BAJAN A LA TIERRA COMO DIOSAS.

TAL COMO LA PLANTA DEL MAÍZ

NECESITA AGUA PRECIOSA PARA CRECER,

Y NOSOTROS NECESITAMOS DE SU PRECIOSA MAZORCA PARA VIVIR,

EL SOL NOS NECESITA

PARA SOBREVIVIR.

PIENSA EN LA SANGRE CORRIENDO POR TUS VENAS—

CÓMO TE DA FUERZA, TE NUTRE, TE DA VIDA:

NOSOTROS SOMOS COMO CIENTOS Y CIENTOS DE PEQUEÑAS GOTAS DE SANGRE QUE ALIMENTAN AL

SOL, QUE ALIMENTAN A LA TIERRA.

COMO EL AGUA ALIMENTA A LA FLOR.

TE ESTOY CONTANDO ESTO, PORQUE HOY VOY A IR A LA GUERRA.

YO YA FUÍ A LA GUERRA HACE TIEMPO—CUANDO ERAS TAN PEQUEÑO QUE NO TE LO PODIA EXPLICAR. Y VOLVERÉ A IR.

YO SÉ QUE ES DIFICIL PARA TÍ ENTENDERLO, PERO QUERIA QUE LO SUPIERAS AHORA.

Y QUIERO QUE SEPAS QUE SI ALGUNA VEZ NO REGRESO DE LA BATALLA ...

ESTARÉ CARGANDO AL SOL A TRAVÉS DEL CIELO.

LOS GEMELOS CRECIERON. ANTES DE RECIBIR
EDUCACIÓN ESPECIAL, AMBOS ASISTIERON AL
CUICACALLI—LA CASA DEL CANTO.
APRENDIERON LA FLOR Y MÚSICA DEL CANTO
AZTECA; DEL CANTO HUMANO. APRENDIERON LA
MÚSICA Y LA POESÍA DEL EXTRAÑO Y MARAVILLOSO
EQUILIBRIO DEL COSMOS.

TLILCÓATL COMENZÓ A IMITAR LAS
HABILIDADES DE SU PADRE, Y LE ENCANTABA
"HACERSE CARGO DEL TRABAJO" CUANDO SU
PADRE ESTABA LEJOS.

ÉL Y NÁUHMITL PASABAN TODO
EL TIEMPO QUE PODÍAN JUGANDO
CON OTROS NIÑOS A LAS
ESCONDIDILLAS POR LAS CALLES Y
CANALES DE TENOCHTITLAN.

ERAN LOS MEJORES EN EL JUEGO ...

SIN EMBARGO, LA MAYOR PARTE DE SU
TIEMPO LO CONSAGRABAN A LA VIDA. MIEN-
TRAS QUE XOCHIQUETZAL APRENDÍA TODO LO
RELACIONADO CON LA MÁS PRECIOSA DE LAS
LABORES, LAS DEL HOGAR, TLILCÓATL PASABA
LA MAYOR PARTE DEL TIEMPO AYUDANDO A SU
PADRE EN EL CAMPO Y EN EL LAGO.

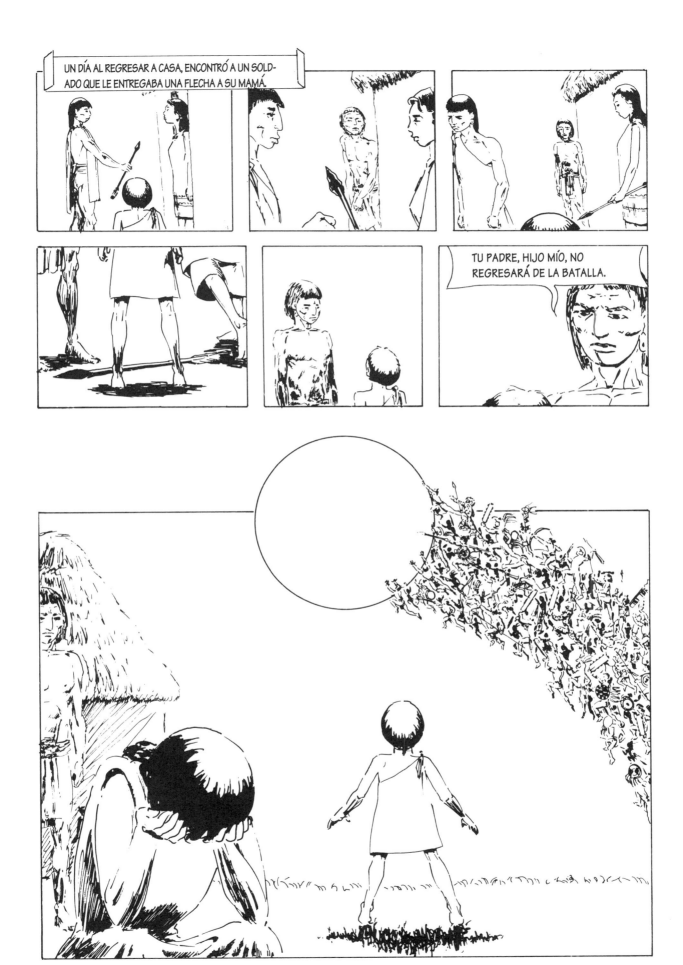

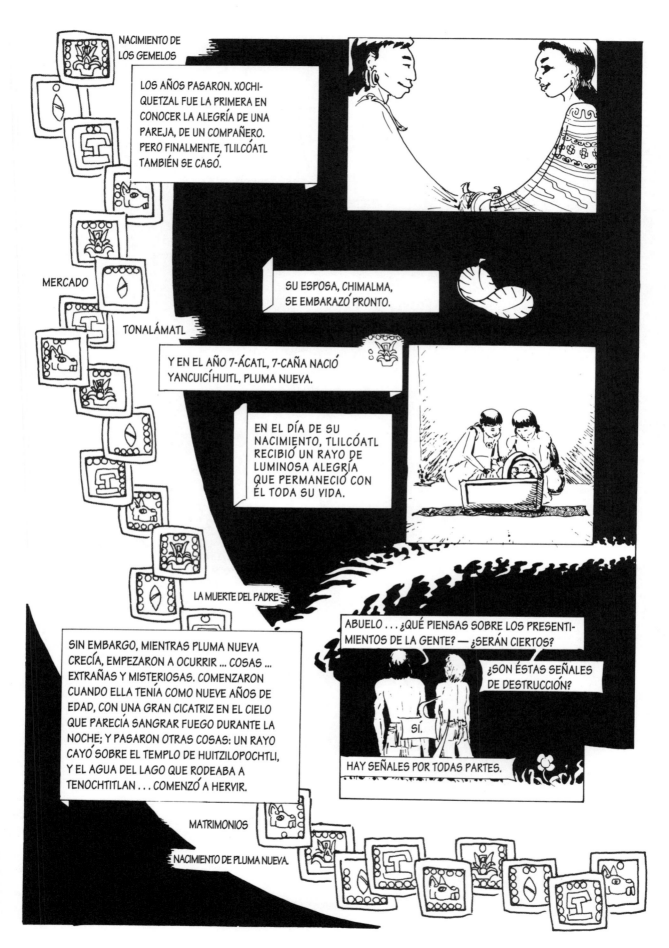

NACIMIENTO DE LOS GEMELOS

LOS AÑOS PASARON. XOCHI-QUETZAL FUE LA PRIMERA EN CONOCER LA ALEGRÍA DE UNA PAREJA, DE UN COMPAÑERO. PERO FINALMENTE, TLILCÓATL TAMBIÉN SE CASÓ.

MERCADO

SU ESPOSA, CHIMALMA, SE EMBARAZÓ PRONTO.

TONALÁMATL

Y EN EL AÑO 7-ÁCATL, 7-CAÑA NACIÓ YANCUICÍHUITL, PLUMA NUEVA.

EN EL DÍA DE SU NACIMIENTO, TLILCÓATL RECIBIÓ UN RAYO DE LUMINOSA ALEGRÍA QUE PERMANECIÓ CON ÉL TODA SU VIDA.

LA MUERTE DEL PADRE

SIN EMBARGO, MIENTRAS PLUMA NUEVA CRECÍA, EMPEZARON A OCURRIR ... COSAS ... EXTRAÑAS Y MISTERIOSAS. COMENZARON CUANDO ELLA TENÍA COMO NUEVE AÑOS DE EDAD, CON UNA GRAN CICATRIZ EN EL CIELO QUE PARECÍA SANGRAR FUEGO DURANTE LA NOCHE; Y PASARON OTRAS COSAS: UN RAYO CAYÓ SOBRE EL TEMPLO DE HUITZILOPOCHTLI, Y EL AGUA DEL LAGO QUE RODEABA A TENOCHTITLAN ... COMENZÓ A HERVIR.

ABUELO ... ¿QUÉ PIENSAS SOBRE LOS PRESENTI-MIENTOS DE LA GENTE? — ¿SERÁN CIERTOS?

¿SON ÉSTAS SEÑALES DE DESTRUCCIÓN?

SÍ.

HAY SEÑALES POR TODAS PARTES.

MATRIMONIOS

NACIMIENTO DE PLUMA NUEVA.

24

PERO ANTES DE ESTOS PRESAGIOS DE DESTRUCCIÓN, PLUMA NUEVA HABÍA COMENZADO A CRECER RODEADA—ERA EL CENTRO, VERDADERAMENTE—DE AMOR Y DE LUZ. TLILCÓATL Y CHIMALMA LE EXPLICARON TODO LO QUE SUS PADRES LES HABÍAN ENSEÑADO A ELLOS, Y LO QUE TODOS LOS PADRES LES HAN ENSEÑADO SIEMPRE A TODOS LOS NIÑOS.

TLILCÓATL Y NÁUHMITL ERAN AMBOS VALIENTES Y EXCEPCIONALES GUERREROS, Y COMO TALES FUERON RECONOCIDOS A TRAVÉS DE LOS AÑOS. POR SU PRIMERA VICTORIA—LA CAPTURA DE UN ENEMIGO—RECIBIERON LA CAPA ANARANJADA CON LA FRANJA EN EL BORDE.

AUNQUE NÁUHMITL SE

FUÉ A VIVIR A TEXCOCO, LOS DOS SIGUIERON SIENDO AMIGOS TODA LA VIDA.

LES SIGUIERON HONORES CADA VEZ MÁS ALTOS, HASTA QUE AL CAPTURAR A SU CUARTO PRISIONERO, TLILCÓATL OBTUVO ...

... EL MÁS ALTO Y SELECTO RECONOCIMIENTO AL QUE UN GUERRERO DE SU ORIGEN PODÍA ASPIRAR; UNA DISTINCIÓN RESPETADA EN TODO TENOCHTITLAN, EN TODO EL ANÁHUAC:

... SE CONVIRTIÓ EN UN GUERRERO JAGUAR.

¡HOLA, BISABUELO!

¡HOLA PRECIOSA PLUMA NUEVA!

¿A DÓNDE VAS?

MAMÁ ME MANDÓ A RECOGER ALGUNAS FLORES PARA LA CASA Y PARA MÍ.

¡QUÉ BIEN! ESO ES PARA LO QUE ESTAMOS TODOS LOS AZTECAS ... ¡DESDE LOS PLEBEYOS HASTA LOS PRÍNCIPES!

¡MIRA!

PARECE QUE TU PADRE REGRESA DE LA BATALLA.

"... Y HA SIDO CONDECORADO OTRA VEZ".

¡PLUMA NUEVA! ¡MAÑANA CUMPLIRÁS CINCO AÑOS Y QUIERO LLEVARTE AL MERCADO!

PERO ANTES ...

TE QUIERO REGALAR ALGO QUE MI PADRE ME COMPRÓ HACE MUCHOS AÑOS.

¡UN SILBATO!

¿POR QUÉ CADA MANCHA TIENE SU PROPIO DISEÑO?

... ¡MAGIA!

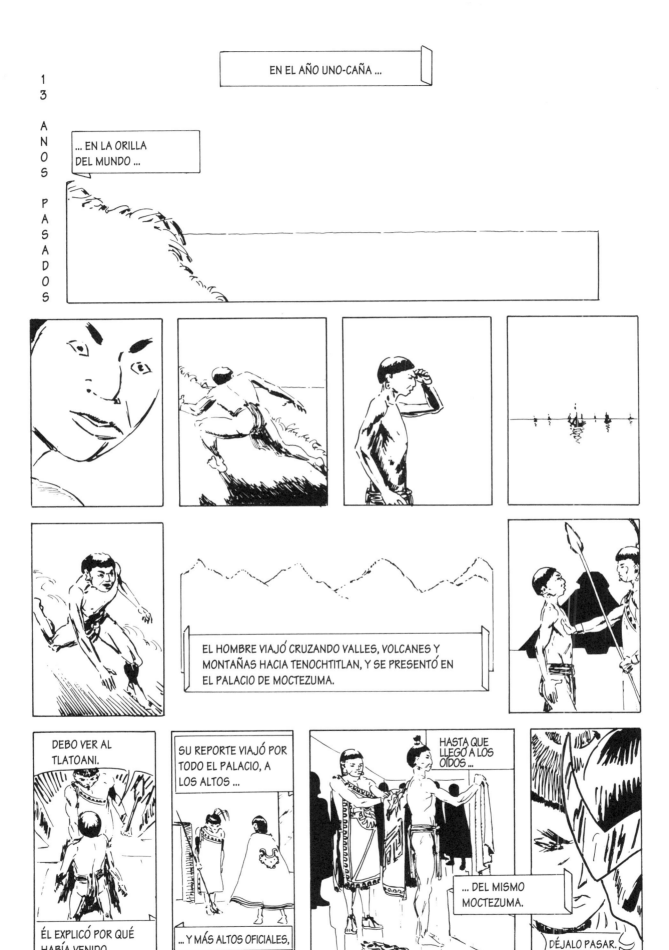

EN EL AÑO UNO-CAÑA ...

... EN LA ORILLA DEL MUNDO ...

EL HOMBRE VIAJÓ CRUZANDO VALLES, VOLCANES Y MONTAÑAS HACIA TENOCHTITLAN, Y SE PRESENTÓ EN EL PALACIO DE MOCTEZUMA.

DEBO VER AL TLATOANI.

ÉL EXPLICÓ POR QUÉ HABÍA VENIDO.

SU REPORTE VIAJÓ POR TODO EL PALACIO, A LOS ALTOS ...

... Y MÁS ALTOS OFICIALES,

HASTA QUE LLEGÓ A LOS OÍDOS ...

... DEL MISMO MOCTEZUMA.

DÉJALO PASAR.

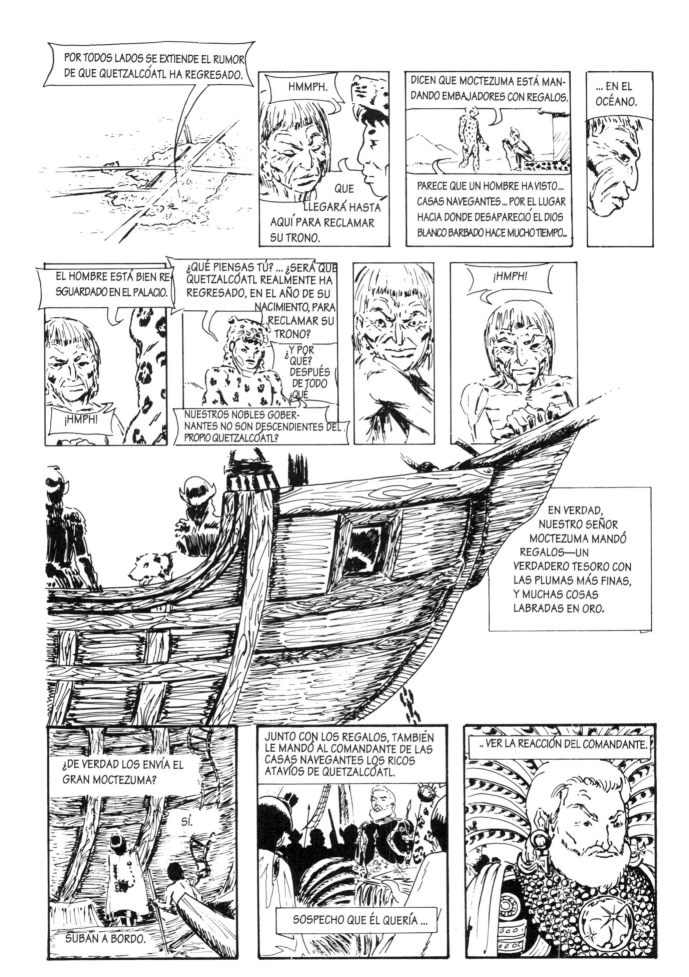

POR TODOS LADOS SE EXTIENDE EL RUMOR DE QUE QUETZALCÓATL HA REGRESADO.

HMMPH.

QUE LLEGARÁ HASTA AQUÍ PARA RECLAMAR SU TRONO.

DICEN QUE MOCTEZUMA ESTÁ MANDANDO EMBAJADORES CON REGALOS.

PARECE QUE UN HOMBRE HA VISTO... CASAS NAVEGANTES ... POR EL LUGAR HACIA DONDE DESAPARECIÓ EL DIOS BLANCO BARBADO HACE MUCHO TIEMPO...

... EN EL OCÉANO.

EL HOMBRE ESTÁ BIEN RESGUARDADO EN EL PALACIO.

¡HMPH!

¿QUÉ PIENSAS TÚ? ... ¿SERÁ QUE QUETZALCÓATL REALMENTE HA REGRESADO, EN EL AÑO DE SU NACIMIENTO, PARA RECLAMAR SU TRONO?

¿Y POR QUÉ? DESPUÉS DE TODO ¿QUÉ NUESTROS NOBLES GOBERNANTES NO SON DESCENDIENTES DEL PROPIO QUETZALCÓATL?

¡HMPH!

EN VERDAD, NUESTRO SEÑOR MOCTEZUMA MANDÓ REGALOS—UN VERDADERO TESORO CON LAS PLUMAS MÁS FINAS, Y MUCHAS COSAS LABRADAS EN ORO.

¿DE VERDAD LOS ENVÍA EL GRAN MOCTEZUMA?

SÍ.

SUBAN A BORDO.

JUNTO CON LOS REGALOS, TAMBIÉN LE MANDÓ AL COMANDANTE DE LAS CASAS NAVEGANTES LOS RICOS ATAVÍOS DE QUETZALCÓATL.

SOSPECHO QUE ÉL QUERÍA ...

.. VER LA REACCIÓN DEL COMANDANTE.

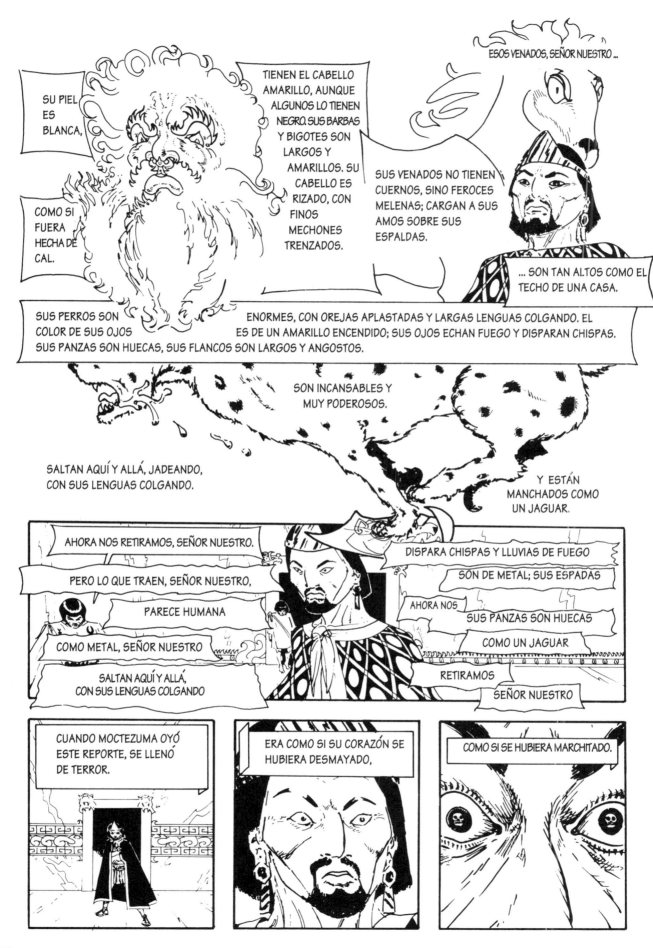

SU PIEL ES BLANCA,

COMO SI FUERA HECHA DE CAL.

TIENEN EL CABELLO AMARILLO, AUNQUE ALGUNOS LO TIENEN NEGRO. SUS BARBAS Y BIGOTES SON LARGOS Y AMARILLOS. SU CABELLO ES RIZADO, CON FINOS MECHONES TRENZADOS.

ESOS VENADOS, SEÑOR NUESTRO ...

SUS VENADOS NO TIENEN CUERNOS, SINO FEROCES MELENAS; CARGAN A SUS AMOS SOBRE SUS ESPALDAS.

... SON TAN ALTOS COMO EL TECHO DE UNA CASA.

SUS PERROS SON color de sus ojos SUS PANZAS SON HUECAS, SUS FLANCOS SON LARGOS Y ANGOSTOS.

ENORMES, CON OREJAS APLASTADAS Y LARGAS LENGUAS COLGANDO. EL ES DE UN AMARILLO ENCENDIDO; SUS OJOS ECHAN FUEGO Y DISPARAN CHISPAS.

SON INCANSABLES Y MUY PODEROSOS.

SALTAN AQUÍ Y ALLÁ, JADEANDO, CON SUS LENGUAS COLGANDO.

Y ESTÁN MANCHADOS COMO UN JAGUAR.

AHORA NOS RETIRAMOS, SEÑOR NUESTRO.

PERO LO QUE TRAEN, SEÑOR NUESTRO,

PARECE HUMANA

COMO METAL, SEÑOR NUESTRO

SALTAN AQUÍ Y ALLÁ, CON SUS LENGUAS COLGANDO

DISPARA CHISPAS Y LLUVIAS DE FUEGO

SON DE METAL; SUS ESPADAS

AHORA NOS

SUS PANZAS SON HUECAS

COMO UN JAGUAR

RETIRAMOS

SEÑOR NUESTRO

CUANDO MOCTEZUMA OYÓ ESTE REPORTE, SE LLENÓ DE TERROR.

ERA COMO SI SU CORAZÓN SE HUBIERA DESMAYADO,

COMO SI SE HUBIERA MARCHITADO.

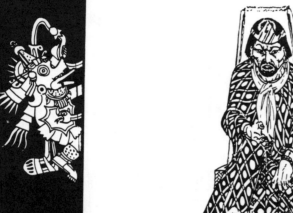

DETERMINADO A LLEGAR HASTA TENOCHTITLAN, EL SEÑOR BLANCO BARBADO VINO A RECLAMAR LA PAZ DEL MUNDO MEDIANTE LA GUERRA.

CEMPOALA

TENOCHTITLAN TLAXCALA

CHOLULA

ÉL OFRECIÓ A LOS PUEBLOS DE ESTA TIERRA LAS MANTAS QUE NUESTROS NOBLES LES EMPEZABAN NEGAR. RECIBIÓ ALIADOS, Y VIÓ EL BRILLO DEL ORO.

CON EL FUEGO Y EL HUMO DE LOS PUEBLOS QUE QUEMÓ, ATRAJO A SU LADO A LOS PUEBLOS QUE NO HABÍA QUEMADO.

CON LAS GENTES DEL PUEBLO INDEPENDIENTE DE TLAXCALLA, FUE HASTA CHOLULA, EL LUGAR DONDE QUETZALCÓATL ERA MÁS VENERADO, DONDE SE HABÍA LEVANTADO EN SU HONOR EL TEMPLO MÁS GRANDE DE ANÁHUAC.

Al siguiente día, quemé más de diez aldeas, una de las cuales tenía más de treinta mil casas; ahí solamente perseguí a los habitantes de la aldea, ya que no había nadie más. Y debido a que llevábamos la bandera con la cruz y estábamos peleando por nuestra fe al servicio de su sagrada majestad, dios nos concedió tan gran victoria, que matamos a muchos de ellos sin perder a ninguno de los nuestros.

AHÍ MASACRÓ A SUS HABITANTES, Y

ORDENÓ QUE SE CONSTRUYERA UNA IGLESIA

SOBRE EL TEMPLO, CUANDO LA BATALLA DE CHOLULA TERMINÓ ...

... LOS CHOLULTECAS COMPRENDIERON QUE EL DIOS DE LOS HOMBRES BLANCOS, ERAN SUS MÁS PODEROSOS QUIENES ERA MÁS POTENTE QUE HIJOS, EL SUYO.

ASÍ COMO LOS ANTIGUOS TOLTECAS, LOS SEÑORES BLANCOS NO PARECÍAN CANSARSE NUNCA DE MARCHAR. CONTRA TODOS LOS OBSTÁCULOS, COMO SI FUERAN GUIADOS POR UN DIOS, LLEGARON FINALMENTE A LA CAPITAL, AL CENTRO DEL MUNDO,

TENOCHTITLAN.

LOS DOS SEÑORES, EL AZTECA Y EL BLANCO, SE ENCONTRARON EN LA CALZADA QUE UNÍA IZTAPALAPA CON LA CAPITAL.

ALGUNOS DICEN QUE MOCTEZUMA SALUDÓ AL HOMBRE BLANCO BARBADO COMO SI SE TRATARA DE QUETZALCÓATL O DE SU ENVIADO.

DI A MOCTEZUMA QUE SOMOS SUS AMIGOS. NO HAY NADA QUE TEMER. DESEÁBAMOS VERLO DESDE HACE MUCHO TIEMPO. DILE QUE LO QUEREMOS BIEN Y QUE ESTAMOS SATISFECHOS.

PERO LO QUE REALMENTE DIJO ... O PENSÓ ... PERMANECERÁ SIEMPRE EN EL MISTERIO.

A TRAVÉS DE SU TRADUCTORA, UNA MUJER DE ANÁHUAC, CORTÉS HABLÓ.

INTERCAMBIARON COLLARES. MOCTEZUMA LE OBSEQUIÓ REGALOS. DESPUÉS, LOS EXTRANJEROS FUERON LLEVADOS A SUS ALOJAMIENTOS EN EL MAGNÍFICO PALACIO DEL BISABUELO DE MOCTEZUMA, JUNTO AL SUYO PROPIO.

EN ESE MISMO PALACIO HABLARON LOS DOS SEÑORES, MOCTEZUMA LE RELATÓ A CORTÉS LA HISTORIA DE LOS AZTECAS. CÓMO HABÍAN VENIDO, EN TIEMPOS MUY ANTIGUOS ...

... DE UN LUGAR LLAMADO AZTLAN; CÓMO HABÍAN SUFRIDO INTERMINABLES PRUEBAS Y PENALIDADES ...

···HASTA ENCONTRAR EL LUGAR PROMETIDO PARA LA FUNDACIÓN DE TENOCHTITLAN.

Y HUITZILOPOCHTLI LOS GUIÓ. LES DIJO QUE SOPORTARAN EL SUFRIMIENTO Y LAS PENALIDADES;

QUE ELLOS SE CONVERTIRÍAN EN LOS AMOS DEL MUNDO;

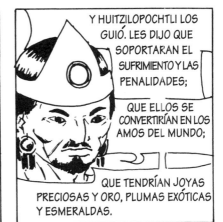

QUE TENDRÍAN JOYAS PRECIOSAS Y ORO, PLUMAS EXÓTICAS Y ESMERALDAS.

<¡ESO ES JUSTAMENTE LO QUE LES HE ESTADO DICIENDO A MIS HOMBRES!>

DESPUÉS, CORTÉS EXPLICÓ POR QUÉ HABÍA VENIDO.

EXPLICÓ COMO SU DIOS HABÍA CREADO LA TIERRA; EXPLICÓ ...

<... QUE TODOS SOMOS HERMANOS, HIJOS DE UNA MADRE Y DE UN PADRE LLAMADOS ADÁN Y EVA;

QUE UNO DE NUESTROS HERMANOS, NUESTRO GRAN REY DE ESPAÑA, ESTABA AFLIJIDO

.... AFLIJIDO POR LA PÉRDIDA DE TANTAS ALMAS QUE SUS DIOSES ESTÁN LLEVANDO AL INFIERNO,

DONDE SE QUEMAN AL FUEGO VIVO; Y NOS HA MANDADO ...

A ADVERTIRLES, A PONER FINAL A TODO ESTO, PARA QUE USTEDES PUEDAN DEJAR DE ADORAR

A DIOSES FALSOS Y NO HAGAN MÁS SACRIFICIOS, PORQUE TODOS SOMOS HERMANOS

Y PARA QUE USTEDES YA NO COMETAN MÁS HURTOS. PERO A TIEMPO, ÉL MANDARÁ HOMBRES QUE VIVEN EN LA PUR-

EZA, HOMBRES MEJORES QUE NOSOTROS, PARA QUE LES EXPLIQUEN TODO ESTO.>

SEIS DÍAS DESPUÉS, RODEADO POR UN CÍRCULO FORMADO POR LAS ARMAS DE FUEGO DE LOS CONQUISTADORES, NUESTRO SEÑOR MOCTEZUMA FUE LLEVADO EN UNA HUMILDE LITERA A SU PRISIÓN FORZADA. DESCALZO, DESPOJADO DE SU MANTO REAL Y DE SUS INSIGNIAS, IBA CARGADO SOBRE LOS HOMBROS DE SUS VASALLOS QUE LLORABAN CALLADAMENTE. EN LOS NUEVE MESES QUE SIGUIERON, TRATÓ O PRETENDIÓ GOBERNAR DESDE SU MUY CONTROLADO CAUTIVERIO.

<TÚ, ALONSO, Y TU PEQUEÑA PANDILLA DE OVEJAS NEGRAS!>

<¡ERES LA DESGRACIA DE ESTA EXPEDICIÓN. NO ENTIENDO POR QUÉ CORTÉS NO TE HA ECHADO AÚN A LOS PERROS PARA QUE TE COMAN!>

<PORQUE CORTÉS NO SOLAMENTE ES UN HOMBRE MUY CALCULADOR, SINO TAMBIÉN MUY CUIDADOSO.>

<BUENO, QUIZÁ ÉL TODAVÍA NO TE HAYA ECHADO A LOS PERROS, PERO SI NO TE QUITAS DE MI CAMINO >

¡SERÁS CARNE PARA ELLOS!

MÁS RÁPIDO QUE UN PARPADEO, ANTES DE QUE TERMINARÁN SU ATAQUE, ÉL DESENVAINÓ, ARRANCÓ LAS ESPADAS DE SUS DEDOS Y RASGÓ LAS CAMISAS DE LOS VILLANOS CON LA PUNTA DE SU ESPADA.

<LA PRÓXIMA VEZ PODRÍA SER SU CARNE.>

<¡PAGARÁS POR ESTO, DE LA VEGA!>

SU ATRACCIÓN HACIA LA MUJER, BUSCÓ TÍMIDAMENTE ALGO EN SUS OJOS QUE LE DIJERA "GRACIAS."

PERO ENTONCES SE DIÓ CUENTA DE LA SITUACIÓN, Y LO ÚNICO QUE PUDO PENSAR FUE EN DECIR ...

POR UN INSTANTE, EL JOVEN, INDEPENDIENTEMENTE DE ...

<LO SIENTO.>

ALVARADO. FUE UN NOMBRE QUE LOS AZTECAS NUNCA OLVIDARÍAN. MOCTEZUMA LLEVABA CUATRO MESES DE CAUTIVERIO, CUANDO CORTÉS SE FUE REPENTINAMENTE A LA COSTA, LLEVÁNDOSE A MUCHOS DE SUS MEJORES HOMBRES, PARA LUCHAR CONTRA OTRO HOMBRE BLANCO QUE HABÍA LLEGADO A ANÁHUAC PARA RECLAMARLA EN NOMBRE DE SU DIOS. EL JOVEN ZICO RECIBIÓ LA ÓRDEN DE IR CON CORTÉS. ALVARADO PERMANECIÓ EN LA CIUDAD A CARGO DE LOS DEMÁS ESPAÑOLES Y ALIADOS.

AL FINAL DEL MES LLAMADO TÓXCATL, HUBO UNA GRAN FIESTA ...

... PARA HUITZILOPOCHTLI. ESTA ERA UNA DE LAS MUCHAS OCASIONES ...

...EN LAS QUE NUESTROS GUERREROS DEJABAN SUS ARMAS EN CASA, VESTÍAN SUS MEJORES GALAS,

Y BAILABAN.

EN LA CIUDAD HABÍA GRAN ALBOROTO POR LOS PREPARATIVOS.

LAS CABEZAS SE ADORNARON PARA EL ESPECTÁCULO.

LOS PIES PARA BAILAR,

LOS MANOS PARA TAMBORILEAR,

LOS PECHOS PARA CANTAR.

Y BAILARON EN LA PLAZA DEL TEMPLO MAYOR.

EN EL LAGO ...

TLILCOATL !!!

¡ABUELO¡ ...

¡¡¡LOS ESTÁN MATANDO A TODOS!!! ¡A LOS GUERREROS ÁGUILA! ¡A LOS SACERDOTES! ¡A LAS MUJERES!

¡ALVARADO LOS TIENE RODEADOS! ¡LOS HAN CERCENADO COMO SI FUERAN TALLOS DE MAIZ!

COMO MUCHOS OTROS, TLILCÓATL CORRIÓ HACIA EL TEMPLO MAYOR, PERO YA ERA MUY TARDE.

LOS GUARDIAS DE ALVARADO HABÍAN CERRADO LAS PUERTAS DE LA GRAN PLAZA JUSTO A TIEMPO PARA QUE NADIE PUDIERA ESCAPAR.

MATARON A TODOS LOS 600 DANZANTES.

LES CORTARON LAS MANOS;

LOS DECAPITARON;

LES MACHACARON LOS PIES;

LES ATRAVESARON LOS PECHOS CON LANZAS.

AFUERA DE LA GRAN PLAZA, MILES DE AZTECAS A LOS QUE LES HABÍAN BLOQUEADO EL PASO PARA QUE NO INTERVINIERAN, SÓLO PODÍAN VER LOS CHORROS DE SANGRE QUE SALÍA A

BORBOTONES DESDE EL INTERIOR. PERO NO SE CONTENTARON CON

OBSERVAR ... CUANDO /APENAS/ SE RETIRABAN HACIA EL PALACIO REAL ALVARADO Y SUS HOMBRES SE ENCONTRARON DE FRENTE ANTE SU PEOR PESADILLA, YA QUE LAS CALLES, LOS CANALES Y LOS TECHOS ...

... BULLÍAN COMO CIENTOS DE HORMIGUEROS, CON MILES DE AZTECAS DERRAMANDO UNA LLUVIA DE LANZAS, FLECHAS Y PIEDRAS SOBRE SUS MUROS.

DESDE LO ALTO DE LA FORTALEZA CONTROLADA POR LOS ESPAÑOLES, MOCTEZUMA INTERVINO, Y LOS AZTECAS CAMBIARON LA ESTRATEGIA DE ATAQUE, BLOQUEANDO LA PLAZA.

CORTÉS SE APRESURÓ A REGRESAR, DESPUÉS DE DERROTAR A SU OPONENTE. ORDENÓ FURIOSAMENTE A LOS AZTECAS QUE ALIMENTARÁN A SUS TROPAS. LOS AZTECAS ATACARON.

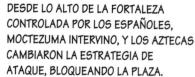

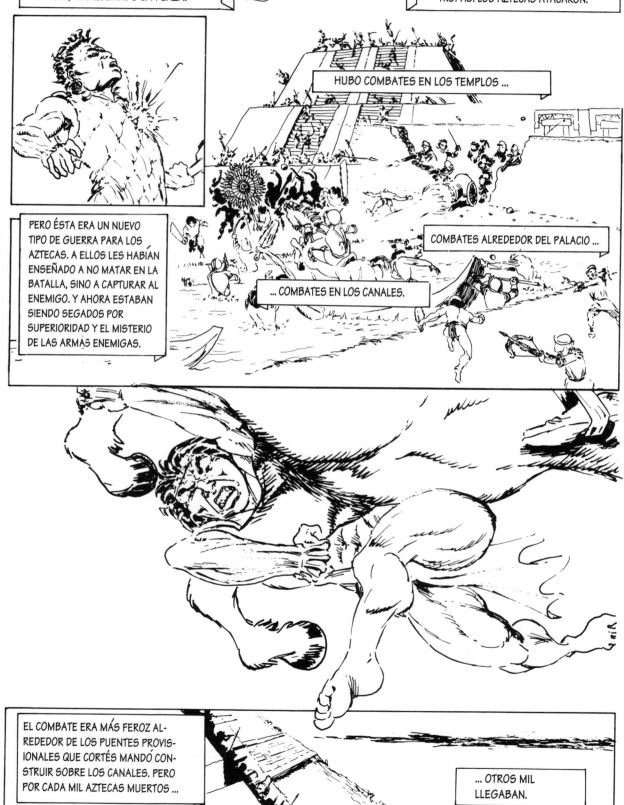

HUBO COMBATES EN LOS TEMPLOS ...

PERO ÉSTA ERA UN NUEVO TIPO DE GUERRA PARA LOS AZTECAS. A ELLOS LES HABÍAN ENSEÑADO A NO MATAR EN LA BATALLA, SINO A CAPTURAR AL ENEMIGO. Y AHORA ESTABAN SIENDO SEGADOS POR SUPERIORIDAD Y EL MISTERIO DE LAS ARMAS ENEMIGAS.

COMBATES ALREDEDOR DEL PALACIO ...

... COMBATES EN LOS CANALES.

EL COMBATE ERA MÁS FEROZ ALREDEDOR DE LOS PUENTES PROVISIONALES QUE CORTÉS MANDÓ CONSTRUIR SOBRE LOS CANALES. PERO POR CADA MIL AZTECAS MUERTOS ...

... OTROS MIL LLEGABAN.

CORTÉS LES GRITÓ QUE SI NO SE RENDÍAN, ÉL QUEMARÍA LO QUE QUEDABA DE LA CIUDAD, HASTA QUE TODOS ESTUVIERAN MUERTOS.

LOS AZTECAS LE GRITARON QUE ÉL NO PODRÍA ESCAPAR.

HACIA EL QUINTO DÍA, LOS ESPAÑOLES CONSTRUYERON UNAS TORRES QUE SE MOVÍAN SOBRE RODILLOS DE MADERA, QUE LES PERMITIERON DISPARARLES A LOS AZTECAS QUE ARROJABAN PIEDRAS DESDE LOS TECHOS.

LOS AZTECAS LAS DERRIBARON.

LOS AZTECAS, ANSIOSOS POR SACRIFICARLO, CASI LOGRAN CAPTURAR A CORTÉS. PERO AL EVITAR SER CAPTURADO, ESCAPANDO ASI DE UNA MUERTE SEGURA EN AL ALTAR, EL SEÑOR BARBADO TAMBIÉN EVADIO LA MUERTE EN EL CAMPO DE BATALLA.

DURANTE ESTA GUERRA, TODA LA FAMILIA DE TLILCOATL SE HABIA REUNIDO ALREDEDOR DEL ABUELO: PLUMA NUEVA, SU MADRE, SU HERMANA XOCHIQUÉTZAL Y SU ESPOSA CHIMALMA. REPENTINAMENTE, TLILCOATL ENTRO.

¡ABUELO!

¡TODOS!

¡¡LE HAN DADO A MOCTEZUMA!! ...

... ¡CORTÉS LO DEBE HABER CONVENCIDO PARA QUE HABLARÁ! ¡ÉL TRATÓ DE DECIR QUE LOS ESPAÑOLES ERAN SUS AMIGOS! ... ¡LOS GUARDIAS BLANCOS LO DEJARON DESPROTEGIDO! ...

Y CUANDO REANUDAMOS EL ATAQUE ...

FUE APEDREADO CON NUESTRAS PROPIAS PIEDRAS.

POCO DESPUÉS MURIÓ MOCTEZUMA. CORTÉS YA NO PODRÍA CONTROLARLO.

AHORA NI SIQUIERA LOS MUROS DEL PALACIO PODÍAN DETENER A LOS AZTECAS. PERO IGUAL QUE SUS PALABRAS Y PENSAMIENTOS, LA MUERTE DE MOCTEZUMA TAMBIÉN PERMANECE EN EL MISTERIO. ES UN HECHO, SIN

EMBARGO, QUE MURIO POCOS DIAS DESPUÉS DE SER GOLPEADO; Y MUCHOS AFIRMAN QUE SU CUERPO ESTABA TAN LLENO DE HERIDAS DE ESPADA Y DE PUÑALES DE METAL ...

... COMO SU ESPIRITU. Y TAMBIÉN ES UN HECHO QUE CUANDO EL SACERDOTE BLANCO LE OFRECIO LA ULTIMA OPORTUNIDAD DE RENUNCIAR A SUS DIOSES, MOCTEZUMA LO CORRIO DE SU VISTA.

INMEDIATAMENTE DESPUÉS, LOS ESPAÑOLES HICIERON PREPARATIVOS PARA PARTIR.

LOS HOMBRES ACAPARARON TODO EL ORO QUE PODÍAN CARGAR—LA MAYORÍA DEL CUAL HABÍA SIDO FUNDIDO PARA DIVIDIRLO MÁS FACILMENTE.

COLOCÁNDOSE CORTÉS Y EL TESORO PRINCIPAL ENMEDIO, Y SUS HOMBRES, ALIADOS ...

POR LA NOCHE ...

... Y CAPITANES AL FRENTE Y A LA RETAGUARDIA, ...

...LOS SEÑORES BLANCOS SE ESCABULLERON SIGILOSAMENTE DE LA FORTALEZA Y AVANZARON CON PRECAUCIÓN HACIA LA CALZADA ...

... DE TLACOPAN, CARGANDO UN PUENTE PORTÁTIL QUE CONSTRUYERON PARA CRUZAR LOS CANALES.

PERO LA CUIDAD NO ESTABA DORMIDA.

UNA MUJER FUE LA PRIMERA QUE DIÓ LA ALARMA AL PIE DE LA CALZADA. EN CUESTIÓN DE SEGUNDOS, LOS CENTINELAS APOSTADOS GRITARON LA ...

ALARMA POR TODO EL CAMINO HASTA EL TEMPLO MAYOR DE HUITZILOPOCHTLI. Y DESDE ALLÍ ...

... EL BATIR DEL TAMBOR DEL TEMPLO VIBRÓ POR TODA LA CIUDAD.

ESE BATIR FUE APAGADO POR EL RUIDO DE MILES DE PIES QUE CORRÍAN, GOLPEANDO LAS CALLES EN DIRECCIÓN DE LOS ESPAÑOLES,

MIENTRAS QUE LAS CANOAS DE TENOCHTITLAN

ATRAVESABAN LAS OLAS ...
... A TODA VELOCIDAD, IMPULSADAS POR LOS REMEROS, QUIENES AZOTABAN EL AGUA DEL LAGO HASTA QUE ÉSTA HIRVIÓ.

LA MASACRE QUE SIGUIÓ HASTA EL AMANECER, CUANDO LOS ESPAÑOLES TRATARON DE EMPRENDER LA RETIRADA POR LA CALZADA, ESTÁ MÁS ALLÁ DE TODA DESCRIPCIÓN. PRONTO PERDIERON EL PUENTE PORTÁTIL,

Y LOS SOBREVIVIENTES TERMINARON CRUZANDO LOS CANALES, PASANDO SOBRE LOS TESOROS Y LOS CADÁVERES DE CABALLOS, MUJERES Y HOMBRES, ESPAÑOLES Y AZTECAS.

CORTÉS ESCAPO PROTEGIDO POR SU DIOS.

CUANDO ESTA GUERRA DE DIEZ DÍAS TERMINÓ, LOS AZTECAS AÚN CONTROLABAN SU CUIDAD. TAMIZARON LAS AGUAS DEL LAGO Y SEPARARON LOS ESCOMBROS. TLILCÓATL PERDIÓ A LA MITAD DE SUS AMIGOS Y A SU HERMANA XOCHIQUÉTZAL.

PRONTO DESCUBRIRÍAN QUE LA LLEGADA DE LOS ESPAÑOLES HABÍA TRAÍDO, NO SOLO LA GUERRA SINO TAMBIÉN ENFERMEDADES. EN POCOS MESES, MURIÓ UNA QUINTA PARTE DE LA POBLACIÓN.

"SEÑOR DEL VIENTO ..."

... QUETZALCÓATL. EL HOMBRE BLANCO BARBADO DE LA ANTIGUA TULA QUE PERSONIFICABA AL DIOS, ...

... DIJO QUE REGRESARÍA ...

... POR EL OCÉANO ...

EN 1-CAÑA, EL AÑO DE SU NACIMIENTO.

CREADOR DE LA HUMANIDAD

DADOR DE VIDA ...

PATRÓN DE LOS GEMELOS.

¡ABUELO! ¡¿COMO PUEDE SER ESTO?!

¡¡COMO PUDO HACER ESTO QUETZALCÓATL?!!

¡ÉL FUE HUMILLADO! FUE EXPULSADO POR "ESPEJO HUMEANTE" ...

... POR TEZCATLIPOCA ...

... DIOS DE LA GUERRA SEMBRADOR DE DESTRUCCIÓN, PATRÓN DE LOS GUERREROS Y DEL ENEMIGO AL MISMO TIEMPO. ÉL, EL CELOSO DADOR DE BONDAD Y DE INFORTUNIO ...

... SIEMPRE HA DESAFIADO A QUETZALCÓATL.

Y CUANDO ENTRE LOS TOLTECAS, QUETZALCÓATL REINABA COMO SUPREMO GOBERNANTE,

Y LOS DIOSES— SEGUN SE DICE— DECIDIERON QUE TEZCATLIPOCA DEBERIA HUMILLAR, AVERGONZAR Y EXPULSAR A QUETZALCOATL ...

TEZCATLIPOCA FUE A VER A QUETZALCÓATL DISFRAZADO DE ANCIANO. SIENDO UN MAESTRO EN EL ARTE DE TENDER TRAMPAS, HIZO QUE SE EMBORRACHARA ... Y LO AVERGONZÓ. Y COMO MAESTRO DE LA DESTRUCCIÓN,

ÉL ESTABA MÁS QUE FELIZ DE CUMPLIR CON ESTE DEBER.

... TRAJO A LOS ANTIGUOS TOLTECAS RUINA Y CONFUSIÓN, DE LA MISMA MANERA QUE LOS HABÍA AYUDADO ANTES A LEVANTARSE DESTRUYENDO A SUS ENEMIGOS.

PERO HAY ALGUNOS QUE DICEN QUE CUANDO QUETZALCÓATL AL SER EXPULSADO, DESAPARECIÓ EN EL OCÉANO, PROMETIÓ REGRESARÍA.

AUNQUE YO PIENSO QUE EL DADOR DE VIDA NUNCA NOS HA ABANDONADO.

PERO SI EN EL AÑO DE SU NACIMIENTO, ESTE DIOS BLANCO BARBADO—¡SI DE VERDAD ES UN DIOS!—QUEMA LA TIERRA QUE LO ADORA,

DESTRUYE AL PUEBLO QUE ÉL CREÓ,

ATACA EL TEMPLO MÁS ALTO DEL MUNDO ...

... ¡QUE FUE CONS-TRUIDO EN SU HONOR!

ENTONCES SE ESTÁ BURLANDO Y ESTÁ NEGANDO TODO LO BUENO QUE HIZO.

¡DEBO VERLO!

¡ESTÁS LOCO!

¡ÉL ES UN DIOS!

NOS DEBE UNA RESPUESTA.

¡NO SABES SIQUIERA DÓNDE ESTÁ!

HEMOS OÍDO REPORTES DE NUESTROS COMERCIANTES ESPÍAS EN TLAXCALLA.

¡SON SÓLO RUMORES!

LO ENCONTRARÉ.

TLILCOATL!

PERO ERA INÚTIL.

ARMADO TAN SÓLO CON SU MACAHUITL PARA ENFRENTAR AL ENEMIGO, Y SU VALOR PARA ENFRENTAR AL DIOS, TLILCOATL INICIÓ UN VIAJE ...

... QUE LO LLEVÓ, CRUZANDO MONTAÑAS Y VALLES, A OTOMPAN, A TLAXCALLA, A TEPEACA.

SIENDO UN MAESTRO, DESDE SU INFANCIA, EN ACERCARSE A LAS LÍNEAS ENEMIGAS SIN SER VISTO ...ENCONTRÓ EL CAMP-AMENTO DE CORTÉS. PERO MIENTRAS SE...

...DESLIZABA ATRÁS DE LOS GUARDIAS DEL PROPIO CORTÉS, APRENDIÓ QUE AÚN UN GUERRERO COMO ÉL NO ESTABA EXENTO DE DAR UN PASO EN FALSO O DE RESBALAR ACCIDENTAL-MENTE. CASI LO DESCUBREN,

PERO EL VIENTO CUBRIÓ EL RUIDO.

CUANDO ESPIABA AL SEÑOR BLANCO ...

... LO VIÓ ...

... ADMIRANDO SU PROPIA BARBA.

CUANDO DEJÓ EL ESPEJO,

EL ESPEJO HUMEÓ.

¡¡TÚ!!

¡¡TÚ NO ERES QUETZALCÓATL

TÚ ERES *TEZCATLIPOCA*!!

SE ECHÓ A CORRER, HORROR-IZADO.

‹ PEQUEÑO INDIO TONTO ... ›

DESDE TEPEACA ... ... TLAXCALLA ... ...OTOMPAN ...

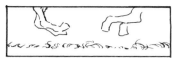

UN DÍA, CUANDO PLUMA NUEVA REGRESABA A

CASA ... DISCULPE, ...

¿SEÑORITA? ¿Y QUÉ ES LO QUE ESTE PEQUEÑO ESPAÑOL QUIERE, ENMEDIO DE LAS RUINAS DE TENOCHTITLAN?

HAY UN HOMBRE EN ESE EDIFICIO DESTRUIDO QUE QUIERE HABLAR CON USTED.

... ELLA ENTRÓ.

DESPUÉS DE ASEGURARSE DE QUE NO HABÍA PELIGRO...

<¡TÚ! ... ¿QUÉ ES LO QUE QUIERES?>

UH ... BUENO, YO ...

<¡OYE! ¿DESDE CUÁNDO ...>

HABLAS ESPAÑOL?

<ME GUSTA ESTAR UN PASO ADELANTE.>

¿CÓMO APRENDISTE NÁHUATL?

¡CON MI AMIGO ORTEGUILLA!

<ÉL PUEDE AYUDARNOS A TRADUCIR.>

YO APRENDÍ ESPAÑOL DE UN PRISIONERO.

CLARO ... ESCUCHÉ QUE TU GENTE PUEDE CONSERVAR A SUS PRISIONEROS POR MESES ... ANTES DE SACRIFICARLOS ...

AL MENOS PARA NOSOTROS MATAR ES SAGRADO. LA SANGRE DE NUESTROS SACRIFICIOS SIEMBRA. USTEDES SÓLO COSECHAN. PERO EN CUALQUIER CASO, NO HAY JUSTIFICACIÓN.

<LO CREAS O NO, YO NUNCA VINE A DESTRUIR. YO VINE A APRENDER.>

PERO, ¿COMO SÉ YO QUE NO ERES UN ESPÍA DEL ENEMIGO?

<Y ¿COMO SÉ YO QUE TÚ NO ERES UN GENERAL DE ALTO RANGO?>

49

ZICO Y PLUMA NUEVA PLATICARON. Y EN LOS DÍAS Y SEMANAS QUE SIGUIERON SE VEÍAN A MENUDO Y CON REGULARIDAD. CADA VEZ SE INVOLUCRABAN MÁS Y MÁS EN EL LENGUAJE DEL OTRO—LAS PALABRAS—LOS SÍMBOLOS, LOS SIGNOS Y LAS VOCES DE SU PASADO.

ESTE ES XOCHIPILLI, EL PRÍNCIPE DE LAS FLORES.

AL JOVEN ZICO LO CONMOVÍA PARTICULARMENTE EL ALMA DE LA GENTE DE ANÁHUAC, CANTADA A TRAVÉS DE SU POESÍA.

NUESTRO POETA MÁS RECORDADO ES NEZAHUALCÓYOTL, UN FILÓSOFO QUE GOVERNÓ TEXCOCO HACE UNOS 90 AÑOS.

"YO NEZAHUALCÓYOTL LO PREGUNTO:
¿ACASO DEVERAS SE VIVE CON RAIZ EN LA TIERRA?

PERCIBO LA SECRETO, LO OCULTO:
¡OH VOSOTROS SEÑORES!
ASI SOMOS,
SOMOS MORTALES,
DE QUATRO EN CUATRO NOSOTROS LOS HOMBRES,
TODOS HABREMOS DE IRNOS,
TODOS HABREMOS DE MORIR EN LA TIERRA ...
COMO UNA PINTURA NOS IREMOS BORRANDO.
COMO UNA FLOR,
NOS IREMOS SECANDO AQUÍ SOBRE LA TIERRA.
COMO VESTIDURA DE PLUMAJE DE AVE ZACUÁN,
DE LA PRECIOSA AVE DE CUELLO DE HULE,
NOS IREMOS ACABANDO ...
MEDITADLO, SEÑORES,
ÁGUILAS Y TIGRES,
AUNQUE FUÉRAIS DE JADE,
AUNQUE FUÉRAIS DE ORO TAMBIÉN ALLÁ IRÉIS,
AL LUGAR DE LOS DESCARNADOS.
TENDREMOS QUE DESAPARECER, NADIE HABRÁ DE QUEDAR."

¡PLUMA NUEVA! ¡ESTOS POETAS CANTAN LOS DILEMAS MÁS ANTIGUOS E INFINITOS DE LA VIDA HUMANA!
¡LO EFÍMERO DE TODO LO QUE EXISTE SOBRE LA TIERRA, LOS MISTERIOS QUE RODEAN A LA MUERTE, LA POSIBILIDAD DE EXPRESAR PALBRAS VERDADERAS AQUÍ ...

...EL PRÓPOSITO Y EL VALOR DE LOS ACTOS HUMANOS, Y LA INESCRUTIBILIDAD Y AL MISMO TIEMPO LA ATRACCIÓN QUE NOS ABRAZA A TODOS AL SUPREMO DADOR DE VIDA!

PLUMA NUEVA LE HABLÓ DE ZICO A SU MAMÁ, Y DESPUÉS DE LAS PREOCUPACIONES INICIALES, FUE PRESENTADO A SU FAMILIA Y, POCO A POCO, A SUS AMIGOS MÁS CERCANOS. Y LOS DOS SE SIGUIERON VIENDO.

LO QUE TÚ LLAMAS "POESIA", NOSOTROS LO LLAMAMOS "FLOR Y CANTO". QUIZÁ SEA POR ESTO QUE TÚ PARECES AMAR TANTO NUESTRO LENGUAJE. EN TODOS LOS LENGUAJES, LAS PALABRAS SON SÍMBOLOS —Y EN CIERTO MODO, ESA ES LA ESENCIA Y EL SIGNIFICADO DE NUESTRA POESÍA.

LOS AZTECAS, COMO OTROS PUEBLOS DE ANÁHUAC, NO ESCRIBÍAN SUS RELATOS Y POEMAS; LOS MEMORIZABAN. Y CUANDO ZICO LOS OYÓ RECITADOS, ERA COMO SI UN PUENTE SE TENDIERA FRENTE A ÉL.

¡HMMPH!

CERCA DE

VOY A UNA PEREGRINACIÓN, A TEOTICHUACAN.

¿A DÓNDE CREES QUE VAS CON TU MANTA FINA DE ALGODÓN?

DEJA TU CAPA ELEGANTE EN LA CASA Y SALÚDAME A TODOS LOS DIOSES.

SABES TLILCÓATL, ESTAS ÚLTIMAS SEMANAS NO HAS SIDO TÚ MISMO.

DEBERÍAS MOSTRAR MÁS RESPETO A LOS DIOSES, ABUELO.

¿LOS DIOSES?

YA TE CONTARÉ ACERCA DE LOS DIOSES ...

LOS DIOSES SON PALABRAS, HIJO MÍO. PALABRAS. NOMBRES PARA LO QUE ESTÁ AHÍ.

¿PALABRAS? EMPIEZAS A SONAR COMO MI HIJA, ABUELO.

¡JA! ¡BIEN POR ELLA!

DE CUALQUIER MANERA, NUESTROS DIOSES SON REALES. Y YO SIEMPRE LES HE MOSTRADO RESPETO—NO COMO LOS BLANCOS.

SU DIOS ES FALSO.

Y SI ES VERDADERO ...

... NUNCA LO ESCUCHAN! RE LIES!

¡PENSÉ QUE ACABABAS DE DECIR QUE LOS DIOSES SON PALABRAS! AHORA RELULTA QUE SON RELIES!

¿REALES? ¿EL AGUA ES REAL? ¿LA GUERRA ES REAL? ¿EL MAÍZ ES REAL?

NOSOTROS VENERAMOS A ÉSTOS Y A TODOS LOS ASPECTOS DE LA EXISTENCIA.

PERO CUANDO ESTA VENERACIÓN NO ESTÁ EQUILIBRADA, ENTONCES OLVIDAMOS LA VERDAD DETRÁS DE LA PALABRA. CUANDO LOS MUCHOS SON ENGAÑADOS POR UNOS CUANTOS, O POR UNO SOLO ... COMO TLACAÉLEL.

TLACAELEL?!

ÉL FUE EL MÁS GRANDE CONSEJERO DE LA CORTE DE NUESTRO MÁS GRANDE GOBERNANTE!

OH SI!

¡A ÉL LE DEBES TU MANTA!

ÉL DIJO ...

"YO, TLACAÉLEL, DESEO DARLE MÁS VALOR AL FUERTE, Y ARROJO AL DÉBIL. CUANDO VAS AL MERCADO Y VES UNA OREJERA PRECIOSA O PLUMAS ESPLÉNDIDAS Y HERMOSAS, ¿NO LAS CODICIAS? ¿NO PAGAS EL PRECIO QUE SE PIDE? SABE AHORA QUE YA NO PODRÁS COMPRAR EN EL MERCADO BEZOTES, GUIRNALDAS DORADAS, MANTAS, INSIGNIAS NI PLUMAS. DE AHORA EN ADELANTE EL GOBERNANTE SERÁ EL QUE LAS REPARTA COMO PAGO. POR HAZAÑAS MEMORABLES. CADA UNO DE USTEDES DEBE PENSAR QUE, CUANDO VA A LA GUERRA A PELEAR, VIAJA A UN MERCADO DONDE ENCONTRARÁ PIEDRAS PRECIOSAS. AQUÉL QUE NO SE ATREVA A IR A LA GUERRA, DE AHORA EN ADELANTE SERÁ PRIVADO DE TODAS ESTAS COSAS. NO USARÁ ROPAS DE ALGODÓN, NO USARÁ PLUMAS, NO RECIBIRÁ FLORES, COMO LOS SEÑORES. Y DE ESTA MANERA, SU COBARDÍA SERÁ POR TODOS CONOCIDA."

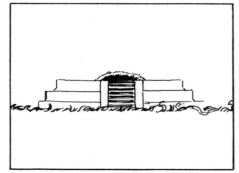
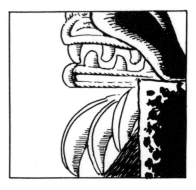

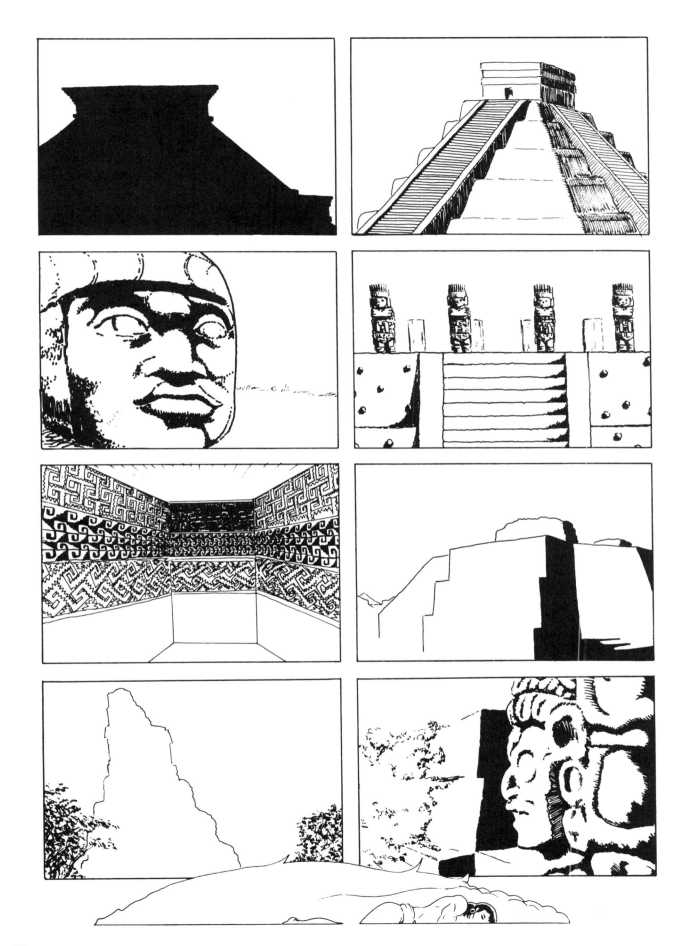

TLILCÓATL REGRESÓ A TENOCHTITLAN. SU ESPOSA LO REBIBIÓ CON ALEGRIA, PERO TAMBIÉN CON MALAS NOTICIAS.

TLILCOATL!!!

... TLIL-CÓATL ... TU VIEJO AMIGO, NÁUH-MITL ...

¡HA SIDO CAPTURADO POR NUESTRO EJÉRCITO DURANTE UNA GUERRA FLORIDA!

¡NO!
¿QUÉ ES UNA GUERRA FLORIDA?

¡¡NO PUEDE SER!!

ES UNA GUERRA CONVENIDA ENTRE CIUDADES.

NO PARA OBTENER VENTAJA, NI POR TERRITORIO

SINO PARA CAPTURAR EN LA BATALLA VÍCTIMAS DE SACRIFICIO PARA EL SOL.

¿DÓNDE ESTÁ ÉL?

AMBOS EJÉRCITOS LIBRAN VOLUNTARIAMENTE UNA GUERRA FLORIDA ...

LO TIENEN PRISIONERO HASTA QUE SEA EL SACRIFICIO GLADIATORIO, QUE ES EL ADECUADO A SU RANGO.

... Y AMBOS DEJAN DE PELEAR TAN PRONTO COMO ALGUNO DE ELLOS PIENSE QUE SE HAN TOMADO SUFICIENTES CAUTIVOS.

¡DEBO VERLO!

NADIE PODIA DETENERLO. Y LOGRÓ VERLO.

¡¡¡NÁUHMITL!!!

¡¡¡TLILCOATL!!!

¿QUÉ TE PASÓ, HOMBRE?

¿CUANDO ES EL SACRIFICIO GLADIATORIO?

EN 3 DIAS.

ESTOY LISTO PARA ÉL.

NO.

¡TE VOY A LIBRAR DE ESTO!

¡SERÉ EL QUINTO GLADIADOR! TENDRÁS QUE DERROTAR A LOS PRIMEROS CUATRO. ESTÁ HECHO. AÚN CON LA ESPADA EMPLUMADA PUEDES HACERLO.

TIENES QUE HACERLO.

NO SÉ, TLILCÓATL ...

CONFIA EN MI.

QUIZÁ SEA PARA BIEN QUE ESTO HAYA PASADO JUSTO AHORA, NÁUHMITL ... HE ESTADO PENSANDO MUCHO. EN FIN ...

PUEDO CUMPLIR CON LOS REQUISITOS PARA SER TU ÚLTIMO OPONENTE: SOY UN GUERRERO VETERANO, Y EN CUANTO A MI HABILIDAD PARA PELEAR CON LA MANO IZQUIERDA ...

... TODO EL MUNDO SABE QUE PUEDO PELEAR CON LA MANO QUE YO QUIERA.

HABLARÉ CON ALGUNOS AMIGOS.

TRATARÉ DE QUE PODAMOS PASAR TIEMPO JUNTOS,

FUERA DE TU CELDA, Y ENSAYAREMOS.

Y LOS DÍAS SIGUIENTES, EN SECRETO, PRACTICARON.

NÁUH... MITL...

NÁUHMITL!

¿¿QUÉ HAS HECHO?!

¿¿QUÉ HAS HECHO?!

NUTRIR A LA TIERRA, TLILCÓATL...

ALIMENTAR AL SOL.

ESA TARDE, Y POR MUCHOS DÍAS, TLILCÓATL IBA POR TODOS LADOS COMO SI HUBIERA PERDIDO EL RUMBO.

¡OYE! ¡FELICIDADES POR TU VICTORIA DEL OTRO DÍA!

"TEJIENDO HILOS TEJIDOS, HILOS TEJIDOS TEJIENDO, LA TEJEDORA TEJIDA HILO TEJE."

Y ENTONCES TU ABUELO, EL PADRE DE TU PADRE, ARROJÓ TU CORDÓN UMBILICAL AL MAR.

SU ESPOSA LLEGÓ.

NO PUDE ENCONTARTE ANTES.

CHIMALMA!

HOLA MAMA TLILCÓATL.

ESTABA CON PLUMA NUEVA.

TLILCÓATL ... NUESTRA HIJA ESPERA UNA CRIATURA.

¿ADÓNDE LA ESPERA?

EN SU VIENTRE, ¡CABEZA DE CHORLITO! ¡ESTÁ ENCINTA!

¡ENCINTA Y COMPROMETIDA!

¡EL ESPAÑOL!

¿DÓNDE ESTÁ ELLA?

SI.

EN CASA.

TLILCÓATL SE DIRIGIÓ A SU CASA COMO SI ESTUVIERA POSEÍDO POR XIUHTECUHTLI—EL DIOS DEL FUEGO.

¡PLUMA NUEVA! ¿CÓMO PUDISTE?

PAPÁ ...

¡CON UN ESPAÑOL! ¡CON UN ESPAÑOL!

FUE MI ELECCIÓN, PAPÁ.

¿QUÉ DIRA LA GENTE? ¿QUÉ SERÁ DE TÚ NOMBRE? ¿DE TU PRESTIGIO?

¡QUE ERES UNA PERTURBADORA, ORGULLOSA, QUE TE RIGES POR TUS PROPIAS LEYES!

¡PERO NO IMPORTA LO QUE DIGAN! ¿QUÉ SERÁ DE TÍ, MI PRECIOSA JOYA? ¡ESTAS ENCINTA! ...

MI PEQUEÑA VAS A TENER UNA CRIATURA...

LO CREAS O NO, FUE MI DECISIÓN. QUIERO CASARME DON ZICO. NO DEJÉ LLEVARME POR LA EMOCIÓN.

HE ESTADO ENAMORADA ANTES— TÚ LO SABES.

TÚ ...

ZICO ...

¡COMO TE ATREVES A HABLARLE ASÍ A TU PADRE DEBÍ HABERLE HECHO CASO AL ORACULO QUE DIJO QUE TENDRÍAS UNA MENTE PROPIA

Y UNA BOCA PROPIA Y UN... Y LA GENTE TIENE RAZÓN SI LA NECEDAD EN TI ES EL ESPAÑOL EN TI EL QUE HABLA!

¡HAS PERDIDO LA CABEZA! ¡YO NO TENGO NINGUN ESPAÑOL DENTRO DE MI!

PERO, PERO BU... BUENO ¡AHORA LO TIENES!

SI TLILCÓATL HUBIERA ENCONTRADO UNA PUERTA, LA HUBIERA PATEADO, LANZÁNDOLA HASTA EL POPOCATÉPETL

LOS MESES PASARON. PLUMA NUEVA Y ZICO SE CASARON.

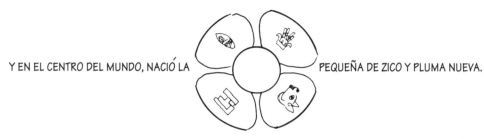

Y EN EL CENTRO DEL MUNDO, NACIÓ LA [flor] PEQUEÑA DE ZICO Y PLUMA NUEVA.

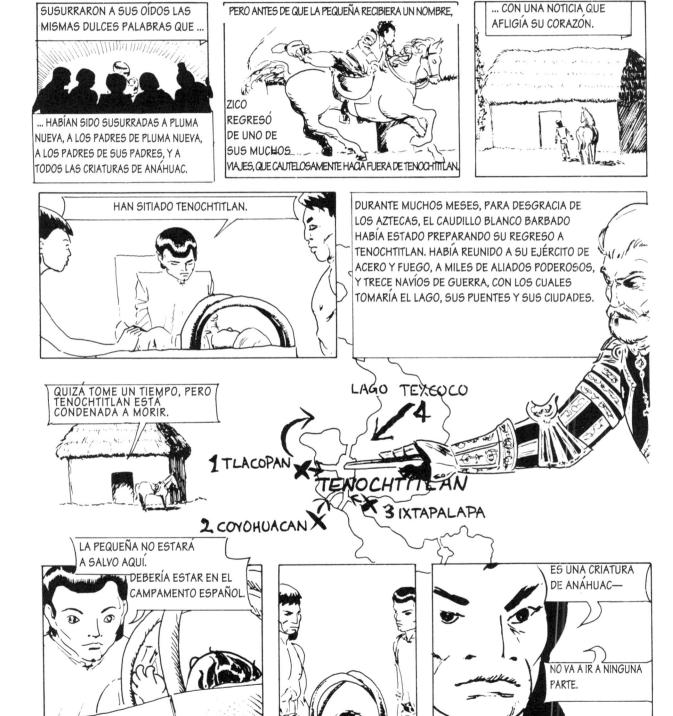

SUSURRARON A SUS OÍDOS LAS MISMAS DULCES PALABRAS QUE ...

... HABÍAN SIDO SUSURRADAS A PLUMA NUEVA, A LOS PADRES DE PLUMA NUEVA, A LOS PADRES DE SUS PADRES, Y A TODOS LAS CRIATURAS DE ANÁHUAC.

PERO ANTES DE QUE LA PEQUEÑA RECIBIERA UN NOMBRE,

ZICO REGRESÓ DE UNO DE SUS MUCHOS VIAJES, QUE CAUTELOSAMENTE HACÍA FUERA DE TENOCHTITLAN.

... CON UNA NOTICIA QUE AFLIGÍA SU CORAZÓN.

HAN SITIADO TENOCHTITLAN.

DURANTE MUCHOS MESES, PARA DESGRACIA DE LOS AZTECAS, EL CAUDILLO BLANCO BARBADO HABÍA ESTADO PREPARANDO SU REGRESO A TENOCHTITLAN. HABÍA REUNIDO A SU EJÉRCITO DE ACERO Y FUEGO, A MILES DE ALIADOS PODEROSOS, Y TRECE NAVÍOS DE GUERRA, CON LOS CUALES TOMARÍA EL LAGO, SUS PUENTES Y SUS CIUDADES.

QUIZÁ TOME UN TIEMPO, PERO TENOCHTITLAN ESTÁ CONDENADA A MORIR.

LAGO TEXCOCO

1 TLACOPAN

TENOCHTITLAN

3 IXTAPALAPA

2 COYOHUACAN

LA PEQUEÑA NO ESTARÁ A SALVO AQUÍ. DEBERÍA ESTAR EN EL CAMPAMENTO ESPAÑOL.

ES UNA CRIATURA DE ANÁHUAC—

NO VA A IR A NINGUNA PARTE.

TLILCÓATL—"PADRE"—NO SABES LO QUE ESTÁS DICIENDO ... CORTÉS ESTÁ PLANEANDO UN SITIO TAN TERRIBLE, UN ATAQUE TAN DEVASTADOR

MATARÉ A TODOS LOS PERROS QUE PASEN POR AQUÍ.

MORIRÁS.

¡MIRA!

¿VES ESA MARIPOSA?

NACE Y LUEGO MUERE.

SE DA A SÍ MISMA AL MUNDO QUE LA CREÓ— COMO EL GUERRERO QUE SE CONVIERTE EN ELLA.

AHORA SÍ QUE REALMENTE NO SABES LO QUE ESTÁS DICIENDO.

ENTIENDO MÁS DE LO QUE PIENSAS, MUCHACHO.

¿Y SI LA SANGRE DEL BEBÉ SE DERRAMA?

ES MAJOR QUE ALIMENTE AL SOL, QUE A LOS CONQUISTADORES.

¡¡PLUMA NUEVA!! ¡¡¡HABLA TÚ CON EL!!!

¡NO PUEDES LLEVARTE A NUESTRA HIJA!

¡¿LLEVARME AL BEBÉ?! ¡¿LLEVARME AL BEBÉ?? ¡TÚ ERES EL QUE QUIERE LLEVÁRSELA!

¡AMIGO! ¡¡TÚ ERES EL QUE QUIERE QUE TE MATEN A TÍ Y A TU NIETA PARA ALIMENTAR AL SOL!!

LO ÚNICO QUE QUIERO ES ASEGURARME DE QUE ESTÉ A SALVO.

¡LLEVARÉ A MI HIJA Y A MI ESPOSA CONMIGO, TE GUSTE O NO!

<¡PLUMA NUEVA, PIENSA EN NUESTRA HIJA!>

<YO NO QUIERO QUE USTEDES SE PELEEN.>

VIENES AQUÍ ... LE HABLAS A MI HIJA EN EL LENGUAJE DE LOS ASESINOS QUE MATARON A MIS AMIGOS Y A MI HERMANA, ME DICES QUE TU GENTE VA A APLASTAR MI CIUDAD Y AÚN ASÍ, ¿PRETENDES LLEVAR A MI FAMILIA CON ELLOS?

ES IMPOSIBLE DETENER A CORTÉS. SU TERCA LUCHA DEBE TERMINAR YA. ¡CON SOL O SIN SOL!

TU NO ENTIENDES. TENGO UNA RESPONSABILIDAD Y UN RESPETO POR ALGO MUCHO MÁS ELEVADO QUE YO MISMO, ALGO SUPERIOR A MIS DESEOS INDIVIDUALES. Y DARÉ MUERTE A AQUELLOS QUE QUIERAN CONQUISTARNOS, YA LA RECIBIRÉ CUANDO VENGA.

TÚ MORIRÁS POR TU PATRIA, YO MORIRÉ POR LA MÍA!

¡BASTA!

¡LA PEQUEÑA NO MORIRÁ PARA EL SOL, NI VIVIRÁ PARA LOS CARNICEROS!

¡LA SANGRE QUE CORRE POR SUS VENAS ES MÁS SAGRADA QUE LA SANGRE QUE CORRE DE SUS VENAS!

¡Y YO PREFIERO MORIR Y QUE MUERA MI HIJA, ANTES QUE UNIRME A LAS FILAS DE AQUELLOS QUE HAN MATADO A LOS NUESTROS!

¡TOMARÉ A MI HIJA Y ME ESCONDERÉ EN LOS CAÑAVERALES!

¡TOMARÉ A ESTA NIÑA Y LA PONDRÉ A SALVO ...

COMO LO HICIERON NUESTROS ANCESTROS, ANTES DE FUNDAR TENOCHTITLAN!

... EN LA VIEJA CASA DE MI MADRE, LEJOS DE AQUÍ, JUNTO AL LITORAL DE XOCHIMILCO!

Y SI ALGUNO DE USTEDES TRATA DE DETENERME

LOS MATARÉ A AMBOS.

NADIE RECUERDA EN QUÉ LENGUAJE HABLÓ. PERO AMBOS ENTENDIERON.

Y HABLO EN SERIO.

OLVIDA EN PELEAR POR EL SOL.

ESTE ES EL QUINTO SOL.

ESTE ES EL NUEVO SOL.

TENOCHTITLAN CAYÓ.

LES TOMARÍA 75 DÍAS A CORTÉS Y A SUS SEGUIDORES, PERO FINALMENTE TENOCHTITLAN CAYÓ. ERA EL AÑO 3-CALLI—"1521". LÍNEAS Y LÍNEAS Y LÍNEAS DE GUERREROS AZTECAS Y CIVILES MURIERON PELEANDO—O SIMPLEMENTE PORQUE VIVÍAN EN LA CAPITAL. LOS QUE ELIGIERON MORIR OFRECIERON SU SANGRE A LA TIERRA, Y CON ELLA TAMBIÉN LA SANGRE DE LOS QUE HABÍAN VENIDO A CONQUISTARLA. PERO LA SANGRE DE LOS SOLDADOS NUNCA HA DETENIDO EL AVANCE DE LOS CAUDILLOS QUE LES SIGUEN, Y EL HEDOR DE MUERTE ...

... DE LA GENTE QUE DEJÓ DE EXISTIR, PERMANECIÓ IGUAL DE INTENSO. TENOCHTITLAN CAYÓ. O ASÍ LO PENSARON LOS CONQUISTADORES. SÓLO LA MUERTE QUITA LA VIDA. LA GENTE DE ANÁHUAC SIGUIÓ HABITANDO TENOCHTITLAN.

AQUELLOS QUE SOBREVIVIERON—AQUELLOS A QUIENES LOS CONQUISTADORES PENSARON QUE HABÍAN CONQUISTADO—VIVIERON COMO FLORES; AQUELLOS QUE MURIERON, RETORNARON A LA TIERRA OFRECIÉNDOSE A ELLA COMO SEMILLAS. EN CUANTO A TENOCHTITLAN, LA TIERRA LA RECOGIÓ DENTRO DE SÍ MISMA. CLARO, COMO ANTES, NUEVOS HOMBRES GOBERNARÍAN SOBRE SUS RIQUEZAS, PERO NUNCA LA POSEYERON. Y COMO LOS SEÑORES DE LA POESÍA DE NEZAHUALCÓYOTL, ¿DÓNDE ESTÁN AHORA?

ANTES DE ESTOS SUCESOS, ENCARANDO LA MUERTE, POCO ANTES DE PARTIR HACIA LA VIEJA CASA DE CHIMALMA ...

... PLUMA NUEVA Y ZICO DECIDIERON DARLE NOMBRE A SU HIJA.

DEBE TENER TAMBIÉN UN NOMBRE ESPAÑOL, PARA ESTAR A SALVO DE LOS ESPAÑOLES.

QUIERO DECIR—DE AQUELLOS QUE PUDIERAN LASTIMARLA.

AMANDA ... EN LATÍN, NUESTRA LENGUA ANTIGUA, QUIERE DECIR "LA QUE DEBE SER AMADA".

LA NOCHE QUE DECIDIERON PARTIR, EL GRUPO SE DIVIDIÓ SEGÚN LO PLANEADO ...

PLUMA NUEVA Y CHIMALMA, LLEVANDO A LA PEQUEÑA AZTECA-ESPAÑOLA,

SE ESCONDERÍAN ENTRE LAS CAÑAS DEL LAGO DURANTE EL FRAGOR DE LA BATALLA; EN LOS MOMENTOS DE CALMA, O CUANDO FUERA NECESARIO ...

... CAMINARÍAN DIRIGIÉNDOSE A LOS GUARDIAS ESPAÑOLES. EN VEZ DE ESCONDERLA, SE QUEDABAN CALLADAS Y MOSTRABAN AL BEBÉ.

LOS GUARDIAS LAS DEJABAN PASAR.

ZICO ...

... ENTRÓ A LAS FILAS ESPAÑOLAS MONTANDO SU CABALLO

A CIERTA DISTANCIA,

LISTO PARA ACUDIR CON MÁS RAPIDEZ QUE SU CABALLO, EN CASO DE QUE NOTARÁ O ESCUCHARÁ ALGÚN PROBLEMA.

TLILCÓATL ECHÓ MANO DE TODO SU ESPÍRITU, DE TODAS SUS HABILIDADES, Y DE TODO SU ENTRENAMIENTO—ASÍ COMO DE SUS ORACIONES EN LAS QUE PEDÍA POR SU FAMILIA A TODOS LOS DIOSES.

SEGÚN EL PLAN, DEBERÍAN REUNIRSE EN UN VIEJO ROBLE QUE TODOS CONOCÍAN.

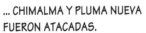

PERO PARECÍA QUE LOS DIOSES NO ESTABAN CON ELLOS ESA NOCHE, YA QUE, DESDE LA MÁS PROFUNDAS SOMBRAS ...

... CHIMALMA Y PLUMA NUEVA FUERON ATACADAS.

ESA NOCHE—COMO EN MUCHAS OTRAS—LOS INCENDIOS PROVOCADOS POR LOS CONQUISTADORES ARDÍAN SALVAJEMENTE ALREDEDOR DEL LAGO DE TEXCOCO, PROYECTANDO LARGAS SOMBRAS POR TODO EL VALLE DE TENOCHTITLAN.

HAY QUE DARNOS PRISA.

¡NO TE PREOCUPES POR ESO!...

¡EL SILBATO!

¡ESPEREN!

"ALGUIEN MÁS PODRÍA ENCONTRARLO."

TOMANDO A LAS ESTRELLAS COMO GUÍA, SE DIRIGIERON HACIA EL SUR, LLEVANDO CON ELLOS TODO LO QUE SU MEMORIA PUDIERA CONTENER, Y AÚN LO QUE NO SUPIERON LO RECORDARON. LLEGARON HASTA XOCHIMILCO, Y DE AHÍ A LOS JARDINES FLOTANTES CERCA DE SU LITORAL, EN DONDE, CON EL TIEMPO, COMENZARON NUEVAMENTE A PESCAR EN SUS AGUAS Y A TRABAJAR LA TIERRA.

UNA VEZ MÁS, TLILCÓATL FUE EN PEREGRINACIÓN A LA ANTIGUA TEOTIHUACAN. HABÍA DEJADO DE PELEAR POR EL SOL. QUIZÁ ESTE FUE SU MAYOR SACRIFICIO. Y ENTONCES ÉL— TU ABUELO—SUBIÓ A LA CÚSPIDE DE LA PIRÁMIDE DEL SOL.

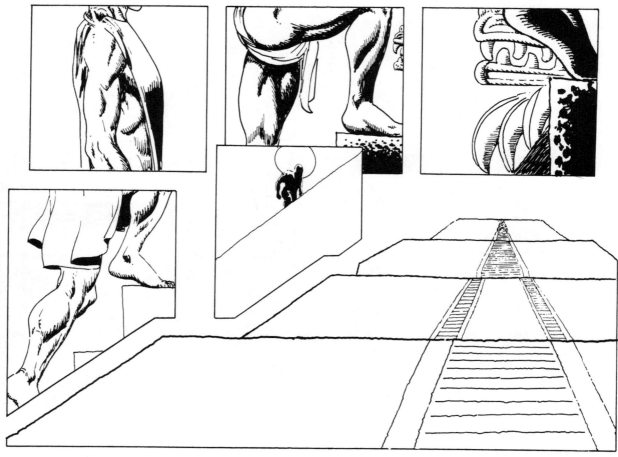

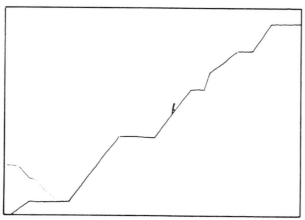

EL SOL SEGÍA AHÍ,

RADIANTE COMO SIEMPRE.

NOTAS

PORTADA: El grande objeto circular, de 13 pies (3.6 metros), de diámetro es la "Piedra del Sol" Azteca, exhibida en el Museo Nacional de Antropología en la Ciudad de México. Esta muestra el quinto sol (vea nota en pag. 18) incluido en el signo 4 ollin (4 movimiento), los cuales abarcan los signos de los cuatros soles anteriores así como también garras con corazones humanos, rodeados por los signos de 20 días (nota, pag. 24) y encerrado por la serpiente de fuego, Xiuhcoatl.

Algunos cambios artísticos han sido hechos en el traje del jaguar y los cuatro cuadrantes. El taparrabo tradicional no está incluido en el traje, y las manchas del jaguar está estilizadas. Las garras ornamentales, aunque aparecen en dibujos después de la conquista, probablemente no fueron parte del atuendo. Las cuatro cuadrantes representan el cosmos mesoamericano, dividido en cuatro regiones y al centro, es la quinta "dirección," eje del equilibrio. Cada cuadrante está asociado con un signo y una dirección: caña-este, cuchillo de pedernal-norte, casa-oeste, conejo-sur. Aquí, estos son reemplazados con imágenes que aparecen en la historia (izquierda a derecha, de arriba a abajo: máscara de Teotihuacán de la serpiente emplumada, el dios de la muerte, caña, flor.)

pag. 1-La ilustración (sin la reflexión) es inspirada de un manuscrito ilustrado mesoamérico del siglo 16 después de la conquista, mostrando la llegada de los barcos españoles.

pag. 3-Las pirámides del Quetzalcoatl (arriba) y la del sol (abajo) son mostradas aquí como se ven hoy en día. En el tiempo de los aztecas, la primera pirámide no había sido excavada; la segunda estaba parcialmente en ruinas, a pesar de que era el lugar de peregrinajes.

pag. 8-Las comillas indiquen dialogo, en lugar de la voz del narrador.

"En el centro del mundo"-Los aztecas no solo colocaron su capital, Tenochtitlán, como el eje del centro del universo, pero también designaron y construyeron su ciudad en un alineamiento misterioso con relaciones cósmicas de tiempo y espacio (ver Carrasco, Matos Moctezuma, Broda, López Austin en la Bibliografía).

Las imágenes de la parte final de la página sobreponen el sol con la flor, escudo, flechas, y sangre derramada. Imágenes y símbolos múltiples y sobrepuestos son intrinsicos a la iconografía azteca. Escudo y flechas fueron símbolos convencionales para la guerra.

fuentes: "Joyas Preciosas ... cielo." Traducción del autor del italiano, adaptado de B. Fagan, *Gli Aztechi*, trans. B.B. Elleni, (Milán, 1989) pag. 173.

"Mi muy ... muerte" adaptado de F.A. Peterson, *Ancient Mexico*, (London, 1961), pag. 155.

pag. 9-La ceremonia del nombre tenía que llevarse acabo en un día propicio dentro del tiempo limitado marcado por grupos de 13 días del calendario.

Imágenes-Através de mesoamérica no existen virtualmente representaciones visuales de Ometeotl. (Una tribu, la Otomí, asociaba la mariposa de obsidiana con la vestidura de Ometeotl.) La presencia de Omeoteotl está en todas partes, pero no se le ve en ninguna parte. De las imágenes que aparecen en esta página, el maíz-de importancia primordial en mesoamérica-fue un símbolo de la fertilidad, nacimiento, y vida; la huella de los dioses y humanos (sin la sombra blanca) está encontrada repetidamente en el arte mesoamericano. El símbolo de interrogación representa el dialecto. El hogar era vital para la vida de los recién nacidos mientras que él o ella esperaba la ceremonia del nombre (el dios del hogar está veces asociado con Ometeotl). Cualquier elemento de dualidad, como el agua y el fuego, era intrínsico a la suprema dualidad divina.

Laa estera, las flechas y plumas, y la *coa* (azadón) son representadas algunas veces incorrectamente. Las flechas eran normalmente representadas en grupos de cuatro.

pag. 11-Después de que el recién nacido era nombrado, los niños corrían por las calles llevando maíz y gritaban el nombre del bebé.

En el mundo azteca, el nacimiento de gemelos era en realidad visto como un evento desafortunado, o como un peligro.

pag. 12-13-El mercado de Tlatelolco-la ciudad gemela al norte de Tenochtitlán-fue el mercado más grande y más famoso del imperio azteca (Hoy en día, la zona de Tlatelolco de la Ciudad de México tiene un mercado más pequeño, pero sigue siendo muy famoso). Los mercados espectaculares de los aztecas eran limpios, ordenados, y regulados por jueces en el evento de fraude o disputas.

La vestidura era un símbolo de rango social oficialmente regulado; solo a los nobles y a los guerreros de alto rango les era permitido de vestirse en ropas de algodón con diseños, ornamentos, y largos específicos (vea también pag. 75 y pag. 51). Sin embargo, existen algunas preguntas y dudas acerca de la extensión de estas leyes suntuarias.

Algodón, cacao, pedazos de cobre, y telas de algodón (capas) eran usadas como moneda.

pag. 14-El *tonalamatl* (Libro de los Días, Libro del Destino) era un manuscrito sagrado ilustrado y interpretado por sacerdotes-escritores. Cientos o miles de estos libros coloridos, hechos de corteza o piel de animal (ahora se refieren como códices), fueron quemados por los conquistadores y misioneros fanáticos. Unos pocos han sobrevivido y son guardados en museos y bibliotecas alrededor del mundo. Es muy improbable que aún un libro imperfecto o sin terminar pudiera ser accidentalmente perdido, pero nuestros protagonistas jovenes tuvieron una rara y fanátstica fortuna mágica.

Las vibraciones del corazón de una persona vieja eran creídas muy fuertes y aún peligros para los jóvenes.

pag. 15-17-Estas páginas representan divinidades de primordial importancia, pero muestran solo una fracción del panteón Mesoamericano. Tlaloc era uno de los dioses más viejos y más venerado. Huitzilopochtli era una deidad menor elevada por los aztecas al papel de un dios patron. El Templo Mayor de Tenochtitlán fue dedicado a éstos dos dioses (vea pag. 40). Tezcatlipoca y Quetzalcoatl fueron llos primeros descendientes divinos de Ometeotl (aunque tres o aún cuatro aspectos de Tezcatlipoca constituyen esta descendencia, "distribuida" en las cuatro regiones del mundo).

Fuentes: "Sembrador....valor," "Algunas veces...miseria," "El puede traer...mal" adaptado de F.A. Peterson, *Ancient Mexico*, pag. 130.

"Dios de todos lugares" cita de D. Carrasco, ed., *To Change Place: Aztec Ceremonial Landscapes*, (Niwot, 1991), pag. 42.

"En un sentido...Tezcatlipoca," cita de Carrasco, ed., *To Change Place*, pag. 42.

"Y cuando quiera...perecer" adaptado de B. de Sahagún, *Florentine Codex: General History of the Things of New Spain*,

trans. A.J.O. Anderson y C.E. Dibble, (Salt Lake City and Santa Fe, 1950-1982), Libro 3, pag. 12.

pag. 17-*fuente*: "El es el eterno...cielo!...cielo!" adaptado de Peterson, *Ancient Mexico* pag. 129.

pag. 18-La pirámide más alta del mundo es de la Cholula (ver pag. 35). (La pirámide del sol de Teotihuacan es la tercera más alta, despúes de la pirámide de Cheops' en Egipto.) "La más grandiosa en el mundo" es una declaración que refleja la opinión del orador en pag. 18.

Diferentes versiones del mito mesoamericano invierte el orden de los primeros cuatro soles (jaguar, viento, fuego, y agua). En mesoamérica, los aztecas colocaron el mayor énfasis en sostener el sol con sangre.

pag. 19-*fuente*: "Uno era...sangre" adaptado de A. Caso, *The Aztecs: People of the Sun*, trans. L. Durham, (Norman, 1959), pag. 17.

pag. 20-La flor de cuatro pétalos era, entre otras cosas, un símbolo del mundo (ver nota en la portada). Era también un símbolo de sangre y belleza.

pag. 21- Habían escuela-templos por separado para los nobles, plebeyos, niños y niñas (hay poca información acerca de las escuelas de las niñas). Niños y adolescentes, recibían educación prcática, espiritual, y social en las casas y en las escuelas. Todos los niños, sin importar el sexo o rango social, asistían al *cuicacalli* en las tardes.

"...y entonces, con los primeros rayos del sol, vigilaban a hurtadillas a patos soñolientos [Los patos], y los asustaban para que cayeran en las redes." [traducción del autor del italiano, adaptado de B. Fagan, *Gli Aztechi*, pag.110).

pag. 24-Como parte de la ceremonia del matrimonio, había en realidad el "amarre del nudo" con las capas de la novia y el novio.

El calendario azteca, era preciso y sofisticado, y dividía el año solar en 18 meses de 20 días cada uno, más cinco días sin nombre o días "sin suerte". Simultáneamente, un calendario ritual de 260 días era consultado con motivos divinos (los nombres de los 20 días eran igualados con los números del 1 al 13). Los años llevaban nombres de los cuatro signos o puntos cardinales (caña, cuchillo de pedernal, casa, conejo-los cuales eran también parte de los nombres de los signos de los 20 días). Estos también eran igualados con los números del 1 al 13, resultando en un ciclo de tiempo de 52 años. Todas las combinaciones posibles entre los días, números, meses, y años eran repetidos cada 52 años.

pag. 25-Los guerreros jaguar y los águila guerreros (asociados principalmente con Tezcatlipoca y Huitzilopochtli respectivamente) eran los mejores y los más bravos entre los militares aztecas.

pag. 28-A pesar de que no es probable que Moctezuma (o cualquier azteca) vistiera una capa abajo de los tobillos, esta licencia artística tiene el propósito de transmitir a los espectadores el esplendor majestuoso de la indumentaria de los nobles aztecas.

"Cada aspecto del *tilmatli* [capa] tenía un significado entre los miembros de la sociedad azteca...la capa era la forma principal de mostrar la categoría social entre los aztecas, y su material, decoración, y la manera de que era vestida revelaban inmediatamente la clase y el rango del quien la vestía." (P. Anawalt, *Indian Clothing Before Cortés*, (Norman,1990) pag. 30).

pag. 30- Aunque no existen datos de su contenido, es un hecho histórico de que los embajadores aztecas redactaron para Moctezuma un reporte ilustrado de su encuentro con los españoles.

Sabemos que las paredes de los palacios estaban ricamente pintadas con colorido, pero la mayoría de los murales, decoraciones y paredes aztecas se han perdido através del tiempo y por acciones humanas. Los diseños por dondequiera y los aquí mostrados son entonces pura conjetura.grandes pag. 31-Lo delgado y lo redondo de las columnas son para dramatización. Las columnas aztecas eran típicamente, cuadradas, y hechas de piedra.

fuente: "Cada uno ... entonces." adaptado de M. León Portilla, *The Broken Spears* (Boston, 1962), pags. 15, 18.

pags. 32-34-fuente: basado y adaptado de M. León Portilla, *The Broken Spears,* pags. 30-31.

pag. 33-El caballo fue introducido de nuevo al nuevo mundo por los europeos, después de su extinción en América.

pag. 34-El águila es asociada con el sol, Huitzilopochtli, y con el glifo pictórico simbolizando á Tenochtitlán (un águila en la punta de un espinoso nopal sobre una roca). De acuerdo a la leyenda, cuando los aztecas-originarios de Aztlán (ver pag. 37)-estaban buscando por su tierra prometida, Huitzilopochtli les dijo através de un oráculo que alcanzarían su destino cuando encontraran un águila de la manera descrita arriba. Cuando las aztecas encontraron el sitio prometido, fundaron su nueva capital, la cual llamaron México-Tenochtitlán- y se llamaron ellos mismos Tenochcas y Mexicas. El mundo los conoció después como los aztecas. El diseño en la parte de abajo muestra, aparte del nopal, un templo quemándose. Este signo es visto en los códices como

la derrota de la ciudad (era acompañado por el glifo pictórico de la ciudad). Ilustrado a la izquierda está Quetzalcoatl, y a la derecha está Tezcatlipoca.

pag. 35-Los gobernantes de Tenochtitlán, en su papel principal dentro de la alianza triple con las vecinas poblaciones de Texcoco y Tlacopan, comenzaron a restringir y a regular el uso del algodón como vestido así como también a decorar las ropas entre sus gentes, extendiendo su control en el vasto imperio que se extendía desde el Golfo de México hasta la costa de Pacífico. Ricos mantos o capas eran comúnmente la forma de tributo exigida dentro de las provincias derrotadas. Tlaxcala fue la única provincia en el vasto dominio que había permanecido independiente y desafiando al poder de Tenochtitlán.

fuentes: "Al día siguiente ... de nosotros" traducción del autor del italiano, cita de H. Cortés La Conquista de Messico. trans. L. Pranzetti, (Milano,1987), pag.66

"Cuando el ... propio". cita de M. León Portilla, *The Broken Spears*, pag.48.

pag. 36-Cortés desembarcó cerca de lo que hoy es Veracruz el 21 de abril, 1519. El entró a Tenochtitlán el 8 de noviembre, 1519. (Aguila y cacto: ver nota en pag.34).

Aunque Cortés pudo haber abrazado a Moctezuma, los aztecas retuvieron a su señor. Los españoles eran notorios por oler mal, y la costumbre de abrazar a nobles que conocían pronto se encontró con la práctica de los aztecas de cubrirlos con incienso, una practica que los españoles interpretaron mal.

fuente: "Decir ... satisfecho" cita de M. León Portilla, *The Broken Spears*, pag. 48.

pag. 37-La palabra "meses" aquí y subsecuentemente se refiere a los meses aztecas (20 días, ver nota pag. 24).

La intérprete fue una joven mujer noble dada o vendida a Cortés.

fuente: "Todos estamos ... a usted" adaptado de B. Díaz, *The Conquest of New Spain,* trans. J.M. Cohen, (Middlesex, 1965), pag. 222.

pag. 38- < > denota diálogo en español.

pag. 39-Alonso de Grado era un poco renuente y relativamente un miembro pacifista de la expedición de Cortés.

pag. 40-El gobernador de Cuba había enviado a Pánfilo de Narváez y a su ejército para detener a Cortés (el cual iba más allá de su misión autorizada) y conquistar o reclamar México bajo su autoridad. Pedro de Alvarado era uno de los mejores hombres de Cortés. Las razones exactas de la masacre de los aztecas todavía son tema de especulación.

En el mes llamado *Toxcatl* los aztecas celebraban seguido a Tezcatlicopa y a Huitzilopochtli. Cada mes tenía específicas celebraciones religiosas.

pag. 41-44-El diseño sobre las paredes y el palacio es hipotético.

fuente: "agita el agua ...hervida" cita de León Portilla, *The Broken Spears*, pag. 48.

pag. 45-La sangrienta retirada de los españoles se le conoció en la historia como *La Noche Triste*.

Una quinta parte de la población murió de viruela, una nueva enfermedad introducida en el Nuevo Mundo por los conquistadores, y para la cual la población indígena no tenía una inmunidad natural.

pag. 46-De Torres Quintero, Gregorio. *Leyendas Aztecas*. (México, D.F.,1926), pag. 8:

"Tu!" Ellos le dijeron a Tezcatlicopa, "Nosotros te pedimos que mortifiques, burles y te mofes de este sacerdote extranjero que permite ser llamado Quetzalcoatl." (Traducción del autor del español)

La historia de la traición de Tezcatlipoca sobre el Tolteca Quetzalcoatl aparece en muchos mitos mesoamericanos.)

pag. 47-En su retirada de Tenochtitlán y hacia su aliada Tlaxcala, Cortés apenas sobrevive una tremenda batalla en el valle de Otompan. Desde Tlaxcala, mientras reagrupaba sus fuerzas, Cortés llevó a cabo varias campañas militares en preparación para su renovado asalto a Tenochtitlán. Tepeaca fue el sitio de una de esas campañas militares.

pag. 49-Orteguilla es un personaje de tipo ficticio nombrado y derivado de una persona real: un joven escudero en el campo español que empezó a aprender la lengua azteca. Su tierna edad aquí es de carcter ficticio.

pag. 50-Aunque la tradición oral fue largamente distribuida en toda Mesoamérica, la escritura fue usada por el Maya.

fuentes: "Yo, Netzahualcoyotl ...queda" cita de M. León Portilla, ed., *Native Mesoamerican Spirituality*, (New York, 1980), por The Missionary Society of St. Paul the Apostle en el estado de Nueva York. De losClassics of Western Spirituality Series, usado con permiso de Paulist Press.

"La falta de transición ... de vida" cita de León Portilla, ed., *Native Mesoamerican Spirituality*, por The Missionary Society of St. Paul the Apostle en el estado de Nueva York. De losClassics of Western Spirituality Series, usado con permiso de Paulist Press.

pag. 51-*fuente:* "Yo Tlacaelel ...por todos" adaptado de P. Anawalt, *Indian Clothing Before Cortéz*, pags. 27-28.

pag. 52-*fuente:* "Sangre, la más ... las tierras" adaptado de F.A. Peterson, *Ancient México*, pag. 152.

pag. 53-(1) El Tajín, Edificio V. (2) Chichén Itzá, el castillo. (3) La Venta, Colosal Cabeza Olmeca. (4) Tula, estatuas de los Atlantes-Templo de Tlahuizcalpantecuhtli. (5) Mitla, el Palacio de las Columnas. (6) Monte Albán, el Observatorio. (7) Tikal, Templo 1. (8) Copán, Dios del Sol, las escaleras de jaguar. La perspectiva de la octava imagen es una "cita visual" de la colección de Roberto Schezen llamada *Visions of Ancient America*, (New York, 1990), pag. 195.

pag. 55-Tlahuicole fue un famoso guerrero Tlaxcalteca quien derrotó a cinco oponentes en una pelea gladiatoria. El fue escogido para dirigir una campaña militar azteca en contra de otra tribu enemiga. Después de la campaña, el escogió de morir y fue sacrificado (A. Caso, *The Aztecs: People of the Sun*, pags. 73-74).

pag. 62-Coatlicue, "La de falda de Serpientes" madre de los dioses y de los hombres, diosa de le tierra, diosa del nacimiento y de la muerte, madre suprema.

pag. 65-Después de ser sitiada, Tenochtitlán cayó en manos de Cortés el 31 de agosto, 1521. Los primeros cuadros ilustran las líneas iniciales de la famosa elegía Nahuatl conocida por nosotros através del profesor León Portilla como "Lanzas Rotas."

"Lanzas rotas yacen en los caminos; Hemos arrancado nuestros cabellos en pena

Las casas no tienen techo ahora, y sus paredes

están cubiertas con sangre ..." (M. León Portilla, *The Broken Spears*, pag. 137)

Cuadro 5 es de carcter ficticio. A pesar de que esta escena ocurre un poco antes de el sitio a Tenochtitlán, todos los hombres, mujeres, y niños, jóvenes y viejos, al tratar de salir de la ciudad fueron registrados y despojados por los conquistadores de sus joyas y oro.

pag. 69-Las *chinampas* o jardines flotantes, las cuales son cultivadas rodeadas de aguas del lago de Texcoco, pueden aún ser visitadas hoy en día en el área de Xochimilco de la ciudad de México.

GLOSARIO DE TERMINOS NAHUATL

acatl–"Caña", uno de los veinte signos de los días y uno de los cuatro signos del año del calendario azteca.

Anahuac–"Tierra Entre Aguas," el mundo, la tierra, según la concepción Mesoamericana.

Azteca–el término usado para la civilización de varios grupos indígenas del México central que compartieron costumbres y lenguas durante dos siglos antes de la conquista española. Uno de estos grupos, los mexica, se conocen come los Aztecas hoy diá.

Aztlán–"Lugar de la Garza Blanca", lugar legendario del origen de los Aztecas.

calli–"Casa", uno de los veinte signos de los días y uno de los cuatro signos del año del calendario azteca.

Cempoala–una ciudad cerca de Veracruz, sitio de uno de los primeros encuentros de Cortéz con las civilizaciones Mesoamericanas.

Cholula–sitio de la pirámide más alta del mundo, centro principal de alabanza a Quetzalcoatl; una de las muchas ciudades arrasadas por los conquistadores.

coacalli–"Casa de Serpientes", parte del terreno del palacio.

Coyohuacan–ciudad al suroeste de Tenochtitlan; lugar estratégico usado por Cortéz en su ataque a Tenochtitlán en 1521.

cuicacalli–"Casa de Canción," escuela donde enseñaban a los niños historia y espiritualidad a través de la música y canciones.

Iztapalapa–ciudad al sur de Tenochititlán; lugar estratégico usado por Cortéz en su ataque a Tenochtitlán en 1521.

macuahuitl–espada de madera bordeada con filos de obsidiana usada por los guerreros aztecas.

Nahuatl–el lenguaje Azteca.

ollin–"movimiento," uno de los veinte signos de los días y uno de los cuatro signos del año del calendario azteca.

Otompan–lugar de una formidable batalla durante la retirada de Cortés de Tenochtitlán en 1520.

Popocatepetl–uno de los dos magníficos volcanes al suroeste del Lago Texcoco.

quachtli–capa o manto de algodón, usado como un medio de intercambio económico.

tecpatl–"Cuchillo de Pedernal", uno de los veinte signos de los días y uno de los cuatro signos del año del calendario azteca.

tochtli–"conejo," uno de los veinte signos de los días y uno de los cuatro signos del año del calendario azteca.

Tenochtitlán–"Lugar del Nopal de Tuna", ciudad capital del imperio Azteca, fundada en 1325 sobre la isla del Lago Texcoco, sitio hoy en día de la Ciudad de México. Miembro de la Triple Alianza con Texcoco y Tlacopan.

Teotihuacn–"Lugar Donde Nacieron los Dioses", ciudad antigua de mucha influencia en la parte central de México, construida en 100 A.C. y 750 D.C. De acuerdo al mito, el ultimo y el presente sol fueron creados allí.

Tepeaca–sitio de una de las campañas militares de Cortéz antes de regresar a Tenochtitlán para la batalla final.

Texcoco–ciudad en la costa este del Lago Texcoco. Miembro de la Triple Alianza con Tenochtitlán y Tlacopan.

Tlacopan–ciudad en la costa oeste del Lago Texcoco, donde Cortés fue en retirada en 1520 y lanzó su ataque a Tenochtitlán en 1521. Miembro de la Triple Alianza con Tenochtitlán y Texcoco.

Tlatoani–"gran orador", nombre de un gobernante azteca.

Tlaxcala–ciudad poderosa e independiente que los aztecas nunca conquistaron.

Tolteca–gente originaria de Tula; los aztecas reclamaban que los Toltecas eran sus antepasados.

tonalamatl–"Libro de Días", libro sagrado, ilustrado e interpretado por la clase religiosa.

Toxcatl–mes del calendario azteca cuando Tezcatlipoca y Huitzilopochtli eran celebrados.

Xochimilco–famosa comunidad por sus chinampas, al sur de Tenochtitlán.

BIBLIOGRAFIA

Anawalt, Patricia R. *Indian Clothing Before Cortez*. Norman: University of Oklahoma Press, 1990.

Bandelier, Adolph. F. *On the Social Organization and Mode of Government of the Ancient Mexicans*. Salem, New York: Cooper Square Publishers, 1975.

Codex Magliabechiano. Editado por Elizabeth Hill Boone y Zelia Nuttall. Berkeley: University of California Press, 1983.

Bray, Warwick. *Everyday Life of the Aztecs*. New York: Dorest Press, 1987.

Broda, Johanna, David Carrasco, y Eduardo Matos Moctezuma.*The Great Temple of Tenochtitlan: Center and Periphery in the Aztec World*. Berkeley, Los Angeles, y London: University of California Press, 1987.

Burland, C. A. y Werner Forman. *Feathered Serpent and Smoking Mirror*. New York: Putnam, 1975.

Carrasco, Davíd, ed. *To Change Place: Aztec Ceremonial Landscapes*. Niwot: University Press of Colorado, 1991.

_____. *Religions of Mesoamerica: Cosmovision and Ceremonial Centers*. San Francisco: Harper and Row, 1990.

_____. *Quetzacoatl and the Irony of Empire: Myths and Prophecies in the Aztec Tradition*. Chicago: University of Chicago Press, 1982.

Caso, Alfonso. T*he Aztecs: People of the Sun*. Traducido por Lowell Durham. Norman: University of Oklahoma Press, 1958.

Cortés, Hernán. *La Conquista del Messico*. Traducido por Luisa Pranzetti. Milano: Rizzoli, 1987.

Díaz , Bernal del Castillo. *The Conquest of New Spain*. Traducido por J.M. Cohen. Baltimore: Penguin, 1965.

Fagan, Brian M. *Gli Aztechi*. Traducido por Barbara Besi Elleni. Milano: Garzanti, 1989.

Gomora, Antonio G. *Tehuatzin Ti Mexikatl! Eres Mejicano*, Mexico, D.F.: Antonio Gomora, 1986.

Jeffrey, S. y K. Wilkerson. "Following Cortés: Path to Conquest." *National Geographic*, Vol. 166, no. 4, 1984, pp. 420–57.

León-Portilla, Miguel. *Aztec Thought and Culture*. Traducido por Jack Emory Davis. Norman: University of Oklahoma Press, 1990.

_____. *The Broken Spears*. Traducido por Lysander Kemp. Boston: Beacon Press, 1962.

_____. ed. *Native Mesoamerican Spirituality: Ancient Myths, Discourses, Stories, Doctrines, Hymns, Poems from the Aztec, Yucatec, Quiche-Maya and Other Sacred Traditions*. Traducido por A. Anderson, C. E. Dibble, y M.S. Edmonson. New York: Paulist Press, 1980.

Lopéz-Austin, Alfredo. *The Human Body and Ideology*. Traducido por Thelma Ortiz de Montellano y Bernard Ortiz de Montellano. Salt Lake City: University of Utah Press, 1988.

Matos Moctezuma, Eduardo. *Official Guide: The Great Temple*. Traducido por D.B. Castledine. Mexico D.F.: INAH, Salvat, 1991.

_____. *The Aztecs*. Traducido por Andrew Ellis. New York: Rizzoli, 1989.

_____. "New Finds in the Great Temple." *National Geographic*. Vol. 158, no. 6, 1980,. pp. 767–75.

McDowell, Bart. "The Aztecs." *National Geographic*, Vol. 58, no. 6, 1980, pp. 714–51.

Molina Montes, Augusto F. "The Building of Tenochtitlan." *National Geographic*, Vol. 158, no. 6, 1980, pp. 753–65.

Nicholson, Irene. *Mexican and Central American Mythology*. London: Hamlyn, 1967.

Nuttall, Zelia. *The Book of the Life of the Ancient Mexicans: Containing an Account of Their Rites and Superstitions* [Codex Magliabechiano]. Facsimile edition. Taducción, introducción y comentarios por Zelia Nuttall. Berkeley: University of California Press, 1903.

Peterson, Frederick A. *Ancient Mexico*. London: George Allen and Unwin, 1961.

Prescott, William H. *Conquest of Mexico*. New York: The Junior Literary Guild, 1934.

Roberts, Jr., Frank H.H. "In the Empire of the Aztecs." *National Geographic*, Vol. 71, no. 6, 1937, pp. 725–50.

Sahagún, Fray Bernardino de. *Florentine Codex: General History of the Things of New Spain*. Traducido por Arthur J. Anderson y Charles E. Dibble. Santa Fe and Salt Lake City: The School of American Research y The University of Utah, 1950-1982.

Schezen, Roberto. *Visions of Ancient America*. New York: Rizzoli, 1990.

Shearer, Tony. *Lord of the Dawn: Queztaloatl, the Plumed Serpent of Mexico*. Healdsburg, Calif., Naturegraph, 1971.

Torres-Quintero, Gregorio. *Leyendas Aztecas*. Mexico, D.F.: Herrero Hermanos Sucesores, 1926.

Vaillant, George C. *Aztecs of Mexico: Origin, Rise, and Fall of the Aztec Nation*. Revisado por Suzannah B. Vaillant. Middlesex: Penguin, 1989.

Wise, Terence. *The Conquistadors*. London: Osprey, 1989.

1

INTRODUCTION

THIS STORY BEGINS IN THE AZTEC YEAR 13 REED, A.D. 1479, IN TENOCHTITLAN, THE CAPITAL OF THE AZTEC WORLD AND THE SITE OF PRESENT DAY MEXICO CITY. ALTHOUGH THE CHARACTERS AND THEIR STORY ARE FICTIONAL, ALL THE EVENTS ARE DOCUMENTED IN HISTORY.

CHARACTERS AND HISTORICAL FIGURES

Chimalma (Chee-MAL-ma)—wife of Tlilcoatl, the jaguar warrior.

Cortés, Hernán—leader of the Spanish army.

Moctezuma Xocoyotzin (Mok-teh-ZU-ma Sho-ko-YO-tsin)—"Angry Lord," also known as Moctezuma II (the younger)—the last great Aztec ruler from 1502–1520.

Nauhmitl (NOW-meetl)—"Arrow," boyhood friend of Tlilcoatl.

Nezahualcoyotl (Neh-sa-wal-COY-otl)—famous philosopher ruler of Texcoco during its golden age in the fifteenth century.

Orteguilla—a Spanish boy.

Tlilcoatl (Tleel-KO-atl)—"Black Serpent," the jaguar warrior and protagonist of the story.

Xochiquetzal (Sho-chee-KET-tsal)—"Precious Feather, Flower Feather," Tlilcoatl's twin sister.

Yancuichuitl (Yan-kwee-KOO-eetl)—"New Feather," Chimalma's and Tlilcoatl's daughter.

Zico de la Vega—Spanish soldier, member of Cortés's army.

Alvarado—Spanish captain in Cortés's army.

Tlacaelel—counselor to several Aztec rulers in the fifteenth century.

AZTEC GODS

Coatlicue (Co-at-LEE-kwa)—"She of the Serpent Skirt," mother goddess.

Huitzilopochtli (Wee-tsee-lo-POCH-tlee)—"Blue Hummingbird on the Left," patron god of the Aztecs, war god, sun god, god to whom warriors dedicated their services; required human blood and hearts for nourishment.

Mictlantecuhtli (Mic-tlan-tee-KOO-tlee)—"Lord of Mictlan," god of death and the underworld.

Ometeotl (Oh-ma-TA-otl)—"Two God," god and goddess of duality.

Quetzalcoatl (Ket-tsal-KO-atl)—"Feathered Serpent, Precious Twin," creator of humans, patron of arts and wisdom. Together with Tezcatlipoca and Tlaloc, he is one of the primary and earliest gods of ancient Mesoamerica.

Tezcatlipoca (Tes-kat-lee-PO-ka)—"Lord of the Smoking Mirror," god of gods, god of rulers, god of destiny.

Tlaloc (TLA-lok)—ancient god of rain and fertility.

Xochipilli (Sho-chee-PEE-lee)—"Prince of Flowers," god of the dance, spring and love.

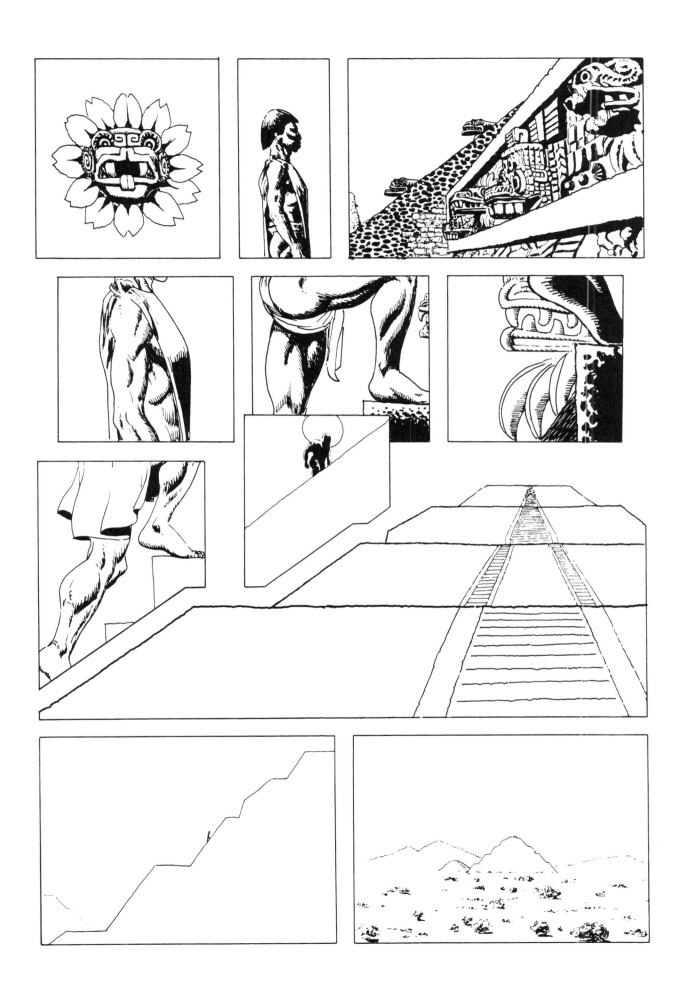

DEDICATION

This work as a whole is dedicated to
Davíd ("Fuego") Carrasco,

maestro,

sacerdote,

e

amico.

Each individual page is dedicated to
those who first inscribed their messages,
whether in caves, on rocks, or in the sand.

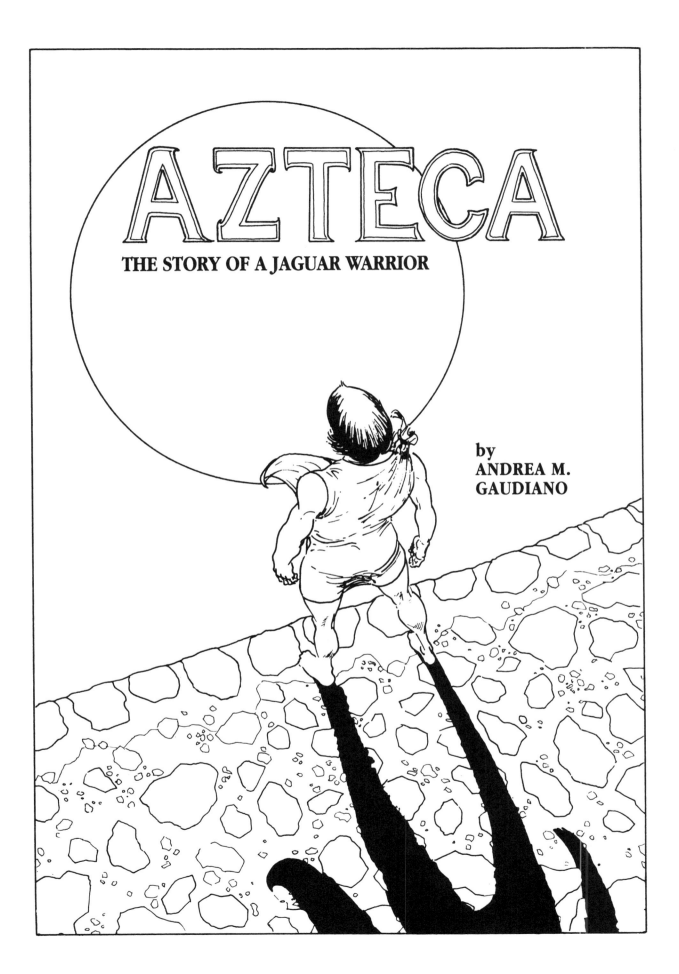

ACKNOWLEDGMENTS

Candy's Tortilla Factory, Inc., Pueblo, Colorado, under the brand names Candy's® and Don Candelario®, generously contributed to the publication of this book.

AUTHOR'S ACKNOWLEDGMENTS

This list is both long and incomplete. Nonetheless, I wish to thank all who have led me to this point:

My grandparents (and my first set of pens, theirs); Tirsa Catignani, Carol—and Tad—Koch; Professors N. Hill, E. Fredricksmayer, W. Calder, B. Hill, W. Weir, A. Boardman; Timothy Lange, John Severin, Lewis A. Little, Jodie Morris, Burne Hogarth (!). In addition to Dr. Carrasco, I never dreamed of having the very true privilege of interacting with Dr. E. Matos Moctezuma, Dr. D. Heyden, all the scholars at the Templo Mayor, and *especially* I thank Bertina Olmedo Vera for *everything*, and Dr. Alfredo Lopéz-Austin, who answered so many questions with such generosity, kindness, and selflessness that I am truly indebted for life. Scott Sessions has been invaluably resourceful and profoundly helpful.

Sacha (& B.) Gerrish; Santiago Espinosa; Marnie, my friend and photographer in Mexico; Steph & Brock; Paul Barchilon and all the friends at Kinko's. All cartoonists, who have inspired me so; the musicians (for example, Shriekback) who've kept me company. Ramin. H.F.L.F., Marco, friends, Saremis. Mamma, Papà Franco, Paolo Karen ed Elena, *Stefano ed Alessandro*. My relatives. (And up there and all around, of course.)

AUTHOR'S SOURCES

I feel a genuine sense of gratitude toward the authors whose works I've had the fortune of reading, and whose words, knowledge, and thoughts have so enlightened me. Although this book has been "nourished" by all the works in the bibliography, actual quotations occur within the story, either for the sake of history's voice, or because of words I so appreciated that I wished to include and pay homage to them. The list and locations of quotations are included in the Notes. Ironically, the list of quotes does not include some of the authors who have influenced, guided, and inspired me the most, from Tony Shearer on one end of the spectrum to Dr. Alfredo Lopéz-Austin on the other. In a way, this work is a tribute to them all.

Copyright © 1992 Andrea M. Gaudiano
All Rights Reserved

Published in the United States of America by
Roberts Rinehart Publishers
Post Office Box 666, Niwot, Colorado 80544

Published in Great Britain, Ireland, and Europe by
Roberts Rinehart Publishers, 3 Bayview Terrace, Schull,
West Cork, Republic of Ireland

Published in Canada by Key Porter Books
70 The Esplanade, Toronto, Ontario M5E 1R2

Library of Congress Catalog Card Number 91-66679

International Standard Book Number 1-879373-32-7

Manufactured in the United States of America

Manuscript Review—Dr. Davíd Carrasco, University of Colorado, Boulder; Scott Sessions, Mesoamerican Archives and Research Project, University of Colorado, Boulder; Notes Review—Scott Sessions

Cover—colored by Stefano Gaudiano
Translation into Spanish—Bertina Olmedo Vera

CONTENTS

IN THE CENTER OF THE WORLD, IN THE LAND BETWEEN THE WATERS, IN THE CAPITAL OF ANAHUAC, BETWEEN THE

THRESHOLD AND THE HEARTH OF THE HOUSE, TWO CHILDREN WERE BORN.

THE LOVING MIDWIFE, AFTER PRAISING THE MOTHER AS ONE PRAISES A BRAVE WARRIOR, WHISPERED INTO THE CHILDREN'S EARS:

PRECIOUS JEWELS, PRECIOUS FEATHERS, PRECIOUS GREEN STONES ...

YOU ARE FATIGUED ... YOU ARE EXHAUSTED.

ARE YOU OUR REWARD FROM THE MOST HIGH OMETEOTL?

WILL YOU STAY A WHILE IN THIS WORLD OF LABOR? WILL YOU KNOW YOUR GRANDFATHERS, YOUR GRANDMOTHERS? WILL YOU KNOW YOUR LINEAGE?

... YOU WERE CREATED IN THE PLACE OF DUALITY, ATOP THE NINTH HEAVEN.

THE FATHER HELD THE MOTHER'S HAND. BOTH WATCHED INTENTLY.

THE MIDWIFE THEN WHISPERED IN THE BOY'S EAR:

MY VERY LOVED AND TENDER SON, HERE IS THE DOCTRINE THAT WAS GIVEN TO US BY THE GODS:

THIS PLACE WHERE YOU WERE BORN IS NOT YOUR TRUE HOUSE. YOUR OWN LAND, YOUR INHERITANCE, AND YOUR FORTUNE IS THE HOUSE OF THE **SUN**.

"THERE YOU WILL DWELL AND REJOICE IN HIS SERVICE, IF, BY SOME HAPPY FORTUNE, YOU ARE WORTHY OF DYING BY ...

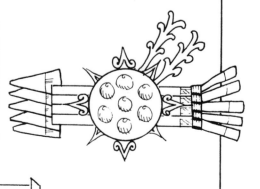

"... THE FLOWERY DEATH."

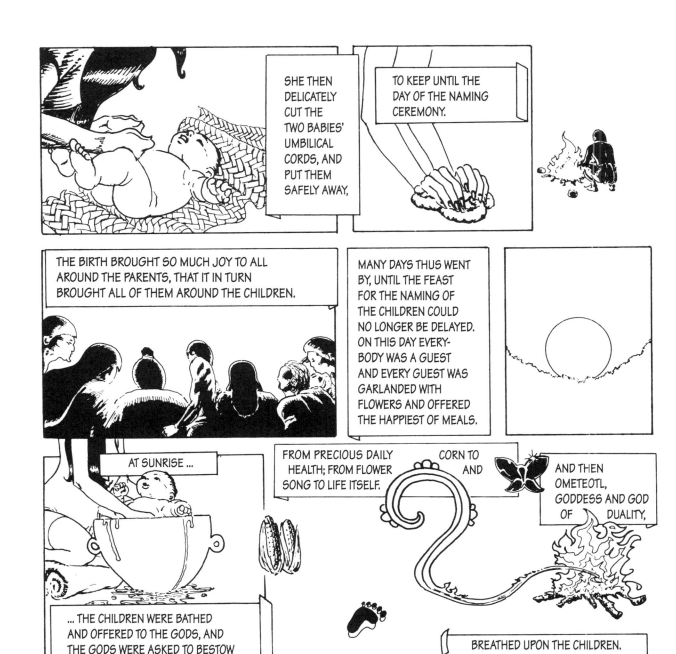

SHE THEN DELICATELY CUT THE TWO BABIES' UMBILICAL CORDS, AND PUT THEM SAFELY AWAY,

TO KEEP UNTIL THE DAY OF THE NAMING CEREMONY.

THE BIRTH BROUGHT SO MUCH JOY TO ALL AROUND THE PARENTS, THAT IT IN TURN BROUGHT ALL OF THEM AROUND THE CHILDREN.

MANY DAYS THUS WENT BY, UNTIL THE FEAST FOR THE NAMING OF THE CHILDREN COULD NO LONGER BE DELAYED. ON THIS DAY EVERY-BODY WAS A GUEST AND EVERY GUEST WAS GARLANDED WITH FLOWERS AND OFFERED THE HAPPIEST OF MEALS.

AT SUNRISE ...

FROM PRECIOUS DAILY HEALTH; FROM FLOWER SONG TO LIFE ITSELF.

CORN TO AND

AND THEN OMETEOTL, GODDESS AND GOD OF DUALITY,

... THE CHILDREN WERE BATHED AND OFFERED TO THE GODS, AND THE GODS WERE ASKED TO BESTOW GIFTS UPON THE CHILDREN:

BREATHED UPON THE CHILDREN.

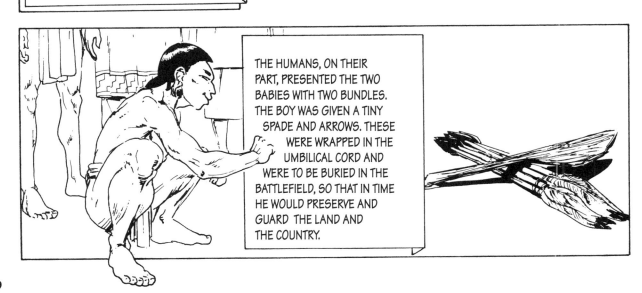

THE HUMANS, ON THEIR PART, PRESENTED THE TWO BABIES WITH TWO BUNDLES. THE BOY WAS GIVEN A TINY SPADE AND ARROWS. THESE WERE WRAPPED IN THE UMBILICAL CORD AND WERE TO BE BURIED IN THE BATTLEFIELD, SO THAT IN TIME HE WOULD PRESERVE AND GUARD THE LAND AND THE COUNTRY.

THE GIRL WAS GIVEN A TINY BASKET AND SPINDLE, TO BE WRAPPED AND BURIED NEAR THE HEARTH,

SO THAT SHE WOULD GROW TO CARE FOR AND PRE-SERVE THE HOUSE AND THE FAMILY

SPEECHES WERE MADE AND POETRY WAS RECITED WELL INTO THE NIGHT,

AND THE BANQUET WAS SO SWEPT BY ENTHUSIASM THAT THEY SAY FROM OUTSIDE IT SOUNDED LIKE 400 DOGS BARKING!

BUT WHILE THIS WAS GOING ON,

A SOLITARY FIGURE WAS STEALING AWAY INTO THE DARK,

WITH THE WHISPERED SECRET WORDS OF THE BABIES' MOTHER LODGED FAITH-FULLY IN HIS MIND:

"TAKE THE UMBILICAL CORD WITH THE BUNDLE OF ARROWS. DO NOT BURY IT IN THE ENEMY'S BATTLEFIELD— YOU KNOW WHAT HAPPENED TO MY FATHER, AND MY BROTHER. TAKE THE BUNDLE AS FAR AWAY AS YOU CAN; BURY IT AWAY FROM ALL BATTLEFIELDS ...

"... AWAY FROM ALL ENEMIES. LET MY SON LIVE TO SEE HIS GRANDCHILDREN GROW."

FOR 13 DAYS HE TRAVELED OVER MOUNTAINS, VOLCANOES AND VALLEYS, AGAINST THE DIRECTION OF THE SUN, AS FAR AS HE COULD GO, AND FARTHER. FAR FROM TENOCHTITLAN, AND AWAY FROM ALL OF ITS ENEMIES,

THE TRUSTED FRIEND STOOD AT THE VERY EDGE OF THE LAND.

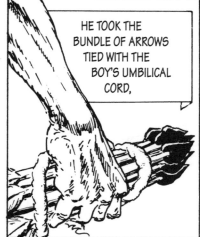

HE TOOK THE BUNDLE OF ARROWS TIED WITH THE BOY'S UMBILICAL CORD,

AND HE THREW IT INTO THE OCEAN.

ARE WE GOING TO BUY ONE LIKE THAT?

HE, HE! ... NO, LITTLE ONE.

ONLY THE HIGHEST-RANKING SOLDIERS WEAR THOSE.

ALTHOUGH TODAY, BESIDES YOUR CAPE AND YOUR SKIRT, WE WILL BUY SOME OF THAT PRECIOUS COTTON—SOME QUACHTLI.

MOM HAS BEEN COMMISSIONED TO MAKE A SPECIAL MANTLE FOR AN IMPORTANT CEREMONY.

QUACHTLI QUACHTLI AND MORE QUACHTLI!!!

WHAT HAVE YOU GOT HERE?

ONLY THE FINEST, SIR.

FOR JUST A BAGFUL OF CACAO BEANS, OR A FEW GOOD PIECES OF COPPER YOU CAN ...

ONLY THE FINEST?

BUT IT IS, SIR.

THIS IS PATCHWORK, YOU DOG!

WHAT DO YOU MEAN, SIR!

EVEN THE BLIND CAN SEE THAT THIS IS COTTON WASTE!

I SELECTED IT MYSELF, SIR!

YES—AND THEN YOU PATCHED IT, SMOOTHED IT, DARNED IT, TREATED IT WITH MAIZE DOUGH,

WASHED IT WITH ASHES, BEAT IT, POUNDED IT, AND GLUED IT WITH GROUND TORTILLAS!

WHY DON'T YOU TAKE IT TO THE MAT SELLERS? YOU MIGHT GET TWO FOR ONE.

I BEG YOUR PARDON!

GIVE IT A BREAK BEFORE I CALL THE MARKET JUDGES! UNBELIEVABLE! ...

PSST! LITTLE BOY ...

DO YOU WANT TO BUY A WHISTLE?

IT HAS A MONKEY ON IT.

DAD?

PLEASE?

THANK YOU.

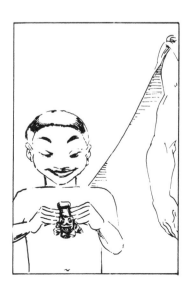

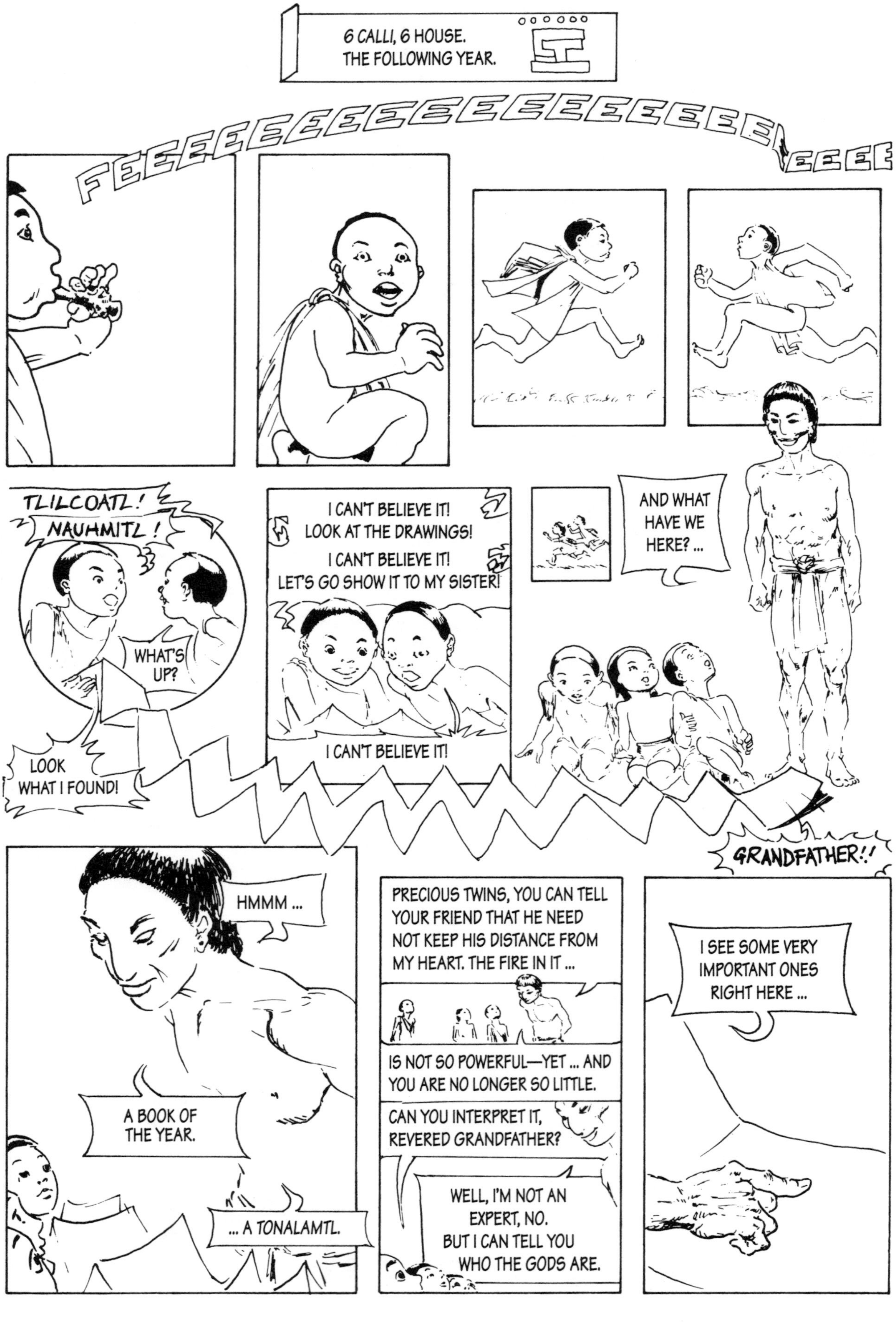
6 CALLI, 6 HOUSE.
THE FOLLOWING YEAR.
FEEEEEEEEEEEEEEEEEEEEEE
TLILCOATL!
NAUHMITL!
WHAT'S UP?
LOOK WHAT I FOUND!
I CAN'T BELIEVE IT! LOOK AT THE DRAWINGS!
I CAN'T BELIEVE IT! LET'S GO SHOW IT TO MY SISTER!
I CAN'T BELIEVE IT!
AND WHAT HAVE WE HERE? ...
GRANDFATHER!!
HMMM ...
A BOOK OF THE YEAR.
... A TONALAMTL.
PRECIOUS TWINS, YOU CAN TELL YOUR FRIEND THAT HE NEED NOT KEEP HIS DISTANCE FROM MY HEART. THE FIRE IN IT ...
IS NOT SO POWERFUL—YET ... AND YOU ARE NO LONGER SO LITTLE.
CAN YOU INTERPRET IT, REVERED GRANDFATHER?
WELL, I'M NOT AN EXPERT, NO. BUT I CAN TELL YOU WHO THE GODS ARE.
I SEE SOME VERY IMPORTANT ONES RIGHT HERE ...

TEZCATLIPOCA.

SMOKING MIRROR. JEALOUS. REVENGEFUL. SOWER OF DISCORD. GOOD, EVIL, WARRIOR GOD OF DESTINY. CONNECTED WITH THE NIGHT-MONSTERS, TEZCATLIPOCA CAN ASSUME ANY SHAPE HE LIKES; HE CAN TAKE ON A GROTESQUE FORM AND GIVE BATTLE TO WARRIORS ALONE AT NIGHT...TESTING THEIR COURAGE. IN PLACE OF HIS RIGHT FOOT--CHEWED AWAY BY THE EARTH MONSTER-RESTS A SMOKING MIRROR: THROUGH IT HE SEES EVERYTHING HE IS THE LORD OF EVERYWHERE. SOMETIMES HE GIVES RICHES... OTHER TIMES MISERY... TEZCATLIPOCA IS GOD OF PROVIDENCE —HE CAN BRING LIFE AND GOOD THINGS, BUT OFTEN TAKES OFFENSE AND HE BECOMES DE-STRUCTIVE AND EVIL. PATRON OF WARRIORS WITH HUITZILOPOCHTLI, HE IS GOD OF THE NIGHT-SKY, GOD OF SHADOW. HE IS A TERRIBLE DECEIVER, AND WITH HIS CUNNING, IN ANCIENT TIMES HE BROUGHT DOWN THE GREAT TOLTECA. AND WHEN-EVER HE MIGHT BE WROTH, OR MIGHT SO WISH, HE WILL BRING DOWN THE SKIES AND WE WILL PERISH. IN A SENSE, THERE IS NO ESCAPING TEZCA TLIPOC A

QUETZALCOATL.

FEATHERED SERPENT, PRECIOUS TWINS. HE GAVE LIFE TO HUMANS. HERE HE IS IN HIS FAMILIAR FORM AS GOD OF WIND, WITH HIS LONG SNOUT AND THE WIND JEWEL ON HIS CHEST, BELOW HIS SHELLS. HE IS THE ETERNAL OPPONENT OF TEZCATLIPOCA, AND ONCE KNOCKED HIM OUT OF THE SKY! BUT THEN, TEZCATLIPOCA HAD KNOCKED *HIM* OUT OF THE SKY! QUETZAL-COATL ALSO DEFIED MICTLANTECUHTLI, THE LORD OF DEATH: HE JOURNEYED INTO THE UNDERWORLD AND BARELY ESCAPED WITH THE BONES OF PREVIOUS LIFE FORMS, AND FROM THESE BONES, HE BROUGHT US TO LIFE. CREATOR OF THE CALENDAR, PROTECTOR OF TWINS, PATRON OF ARTISANS AND ARTISTS, HE IS THE FATHER OF ALL CRAFTS AND WISDOM. THEY SAY QUETZALCOATL ONCE LIVED AND SPOKE THROUGH A MAN WHO TOOK HIS NAME —AN ANCIENT, BEARDED TOLTEC LEADER. BUT THIS MAN WAS TRICKED AND DRIVEN AWAY BY TEZCA-TLIPOCA, AND SO HE DISAPPEARED INTO THE OCEAN, AND BECAME THE MORNING STAR. ONE DAY, IN THE SAME YEAR AS HIS BIRTH ~THE YEAR 1 - REED ~ HE MIGHT RETURN.
~

"WE ARE LIKE BLOOD."

WE NOURISH; WE FEED; WE MAKE ALIVE.

"THE ANCIENTS KNEW. THEY UNDERSTOOD. THAT IS WHY THEY BUILT IT.

THERE IS A GREAT PYRAMID, MY SON, IN ANCIENT TEOTIHUACAN. THERE ARE MANY, REALLY, BUT THE GREATEST ONE IN THE WORLD

IS THE PYRAMID OF THE SUN.

"WITHOUT THE SUN, THERE IS NO LIGHT, NO HEAT, NO GROWTH, NO LIFE."

MANY, MANY, MANY, MANY YEARS AGO ...

"... THERE WAS A FIRST SUN. BUT THERE WAS JEALOUSY AND FIGHTING AMONG THE GODS, OVER WHO WOULD ACCOMPANY THE SHINING DISK ACROSS THE SKY.

"AND IN THEIR JEALOUSY, THEY BROUGHT THE SUN DOWN AND DROWNED THE EARTH WITH FLOODS. DARKNESS CAME. EVERYTHING PERISHED; THE WORLD CEASED TO EXIST. BUT LATER, A SECOND GOD BECAME THE SUN; AND THEN A THIRD; AND THEN A FOURTH.

"EACH TIME, THESE SUNS WERE DESTROYED BY THE BICKERING OF THE GODS—

"BY FIERY RAIN,

"BY THE WIND,

"BY THE DEVOURING JAGUARS.

"AND EACH TIME THE SUN WAS DESTROYED,

LIFE DIED."

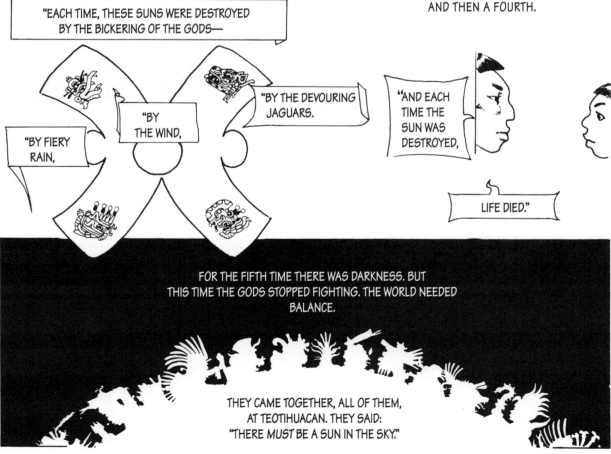

FOR THE FIFTH TIME THERE WAS DARKNESS. BUT THIS TIME THE GODS STOPPED FIGHTING. THE WORLD NEEDED BALANCE.

THEY CAME TOGETHER, ALL OF THEM, AT TEOTIHUACAN. THEY SAID: "THERE *MUST* BE A SUN IN THE SKY."

"IN ORDER TO BRING LIGHT, WARMTH, LIFE TO THE WORLD—IN ORDER TO MAKE THE FIFTH SUN—SOMEONE WOULD HAVE TO JUMP INTO A GREAT FIRE.

"TWO OF THE GODS VOLUNTEERED FOR THE SACRIFICE.

"ONE WAS RICH AND POWERFUL; HE PREPARED HIMSELF BY OFFERING COPAL AND LIQUID-AMBAR TO THE DUAL CREATOR OF THE GODS. THE OTHER ONE WAS POOR AND SICK; HE COULD ONLY OFFER BALLS OF GRASS AND MAGUEY SPINES DYED IN HIS OWN BLOOD."

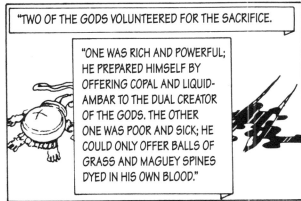

THE RICH ONE WAS COWARDLY, AND COULDN'T MAKE THE LEAP INTO THE FIRE. THE WEAK ONE—THE TRUE BRAVE—

LEAPED INTO THE FLAMES. ONLY THEN DID THE OTHER ONE FOLLOW.

HE BECAME THE MOON.

ALL THE OTHER GODS LOOKED APPREHENSIVELY IN EVERY DARK DIRECTION,

UNTIL FINALLY, THE SUN,

FRUIT OF THE FIRST GOD'S LEAP INTO THE FIRE...

...EMERGED ABOVE THE HORIZON.

BUT IT WAS FEEBLE AND SHAKING, HARDLY ABLE TO HOVER WHERE IT WAS, LACKING THE NOURISHMENT ...

... AND THE VIGOR IT NEEDED TO MAKE ITS DAILY LUMINOUS VOYAGE ACROSS THE SKY.

AND SO, ALL THE ASSEMBLED GODS, ONE BY ONE, SACRIFICED THEIR OWN LIVES, TO GIVE THE SUN ITS STRENGTH.

THEY ALL GAVE THEMSELVES,

SO THAT THE SUN COULD LIVE.

IN THE FUTURE, UNDER THE DAY SIGN

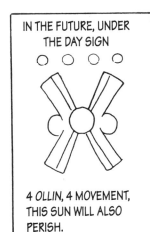

4 OLLIN, 4 MOVEMENT, THIS SUN WILL ALSO PERISH.

SOME SAY THAT THIS IS THE LAST SUN—THAT WHEN THIS SUN DIES,

WE SHALL CEASE TO EXIST—FOREVER.

BUT THIS WE ALL KNOW,

AND THIS I TELL YOU: AS LONG AS WE—ME, ALL OF US AZTECA,

OUR NEIGHBORS, OUR ALLIES, EVEN OUR ENEMIES—AND ONE DAY ...

...YOU, TOO—ALL OF US—

AS LONG AS WE KEEP THE SUN ALIVE, AS LONG ...

... AS WE KEEP THE SUN IN THE SKY; THERE SHALL BE LIFE.

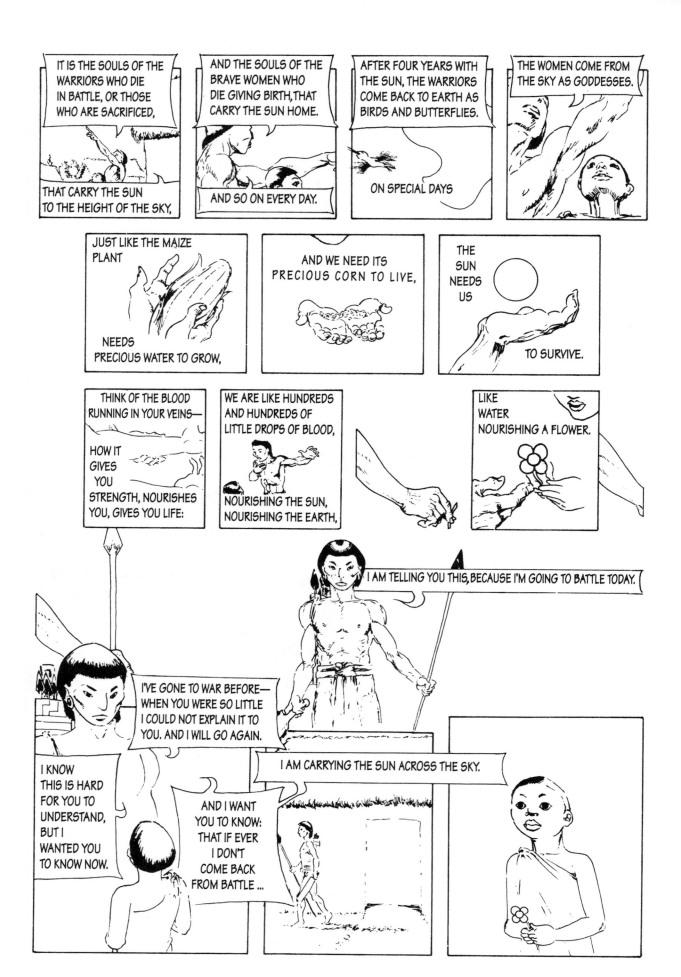

THE TWINS GREW.
ALTHOUGH THEY RECEIVED SPECIALIZED EDUCATION, THEY BOTH ATTENDED THE *CUICACALLI*—THE HOUSE OF SONG. THEY LEARNED THE FLOWER AND MUSIC OF AZTECA SONG; OF HUMANS' SONG. THEY LEARNED THE MUSIC AND POETRY OF THE STRANGE AND WONDERFUL BALANCE OF THE COSMOS.

TLILCOATL BEGAN TO PICK UP HIS FATHER'S SKILLS, AND HE LOVED TO "TAKE CARE OF THE WORK" WHENEVER HIS FATHER WAS AWAY.

HE AND NAUHMITL SPENT AS MUCH TIME AS THEY COULD PLAYING GAMES OF HIDE-AND-CHASE THROUGH THE STREETS AND CANALS OF TENOCHTITLAN, WITH THE OTHER CHILDREN.

THEY WERE JUST THE BEST AT IT ...

MOST OF THEIR TIME, HOWEVER, WAS DEVOTED TO LIFE. WHILE XOCHIQUETZAL LEARNED ABOUT THAT MOST PRECIOUS OF FIELDS, THE HOME, TLILCOATL SPENT MOST OF HIS TIME HELPING HIS FATHER WITH THE LAND AND ON THE LAKE.

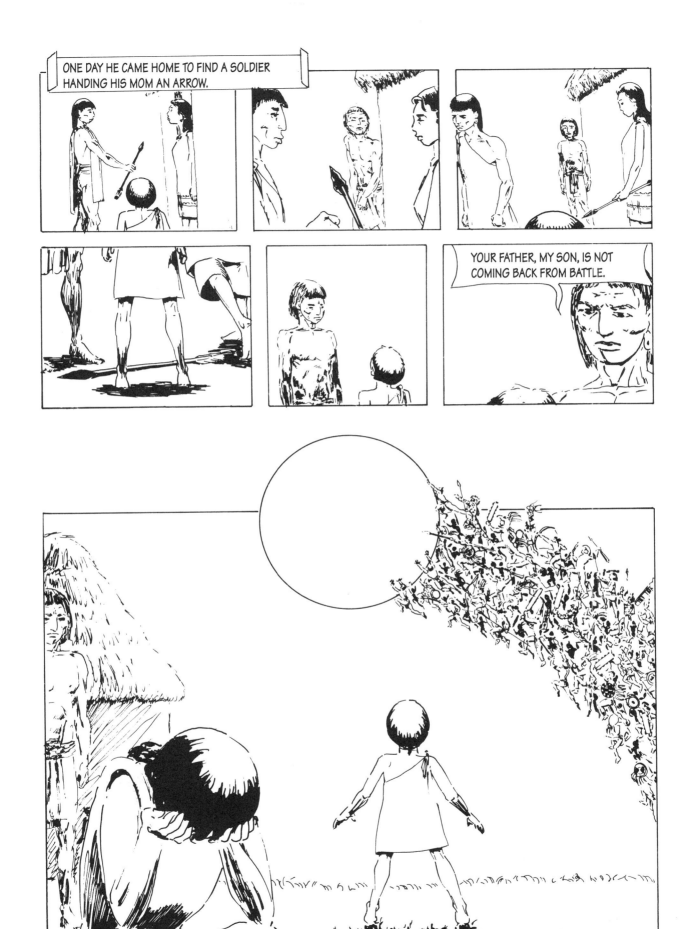

ONE DAY HE CAME HOME TO FIND A SOLDIER HANDING HIS MOM AN ARROW.

YOUR FATHER, MY SON, IS NOT COMING BACK FROM BATTLE.

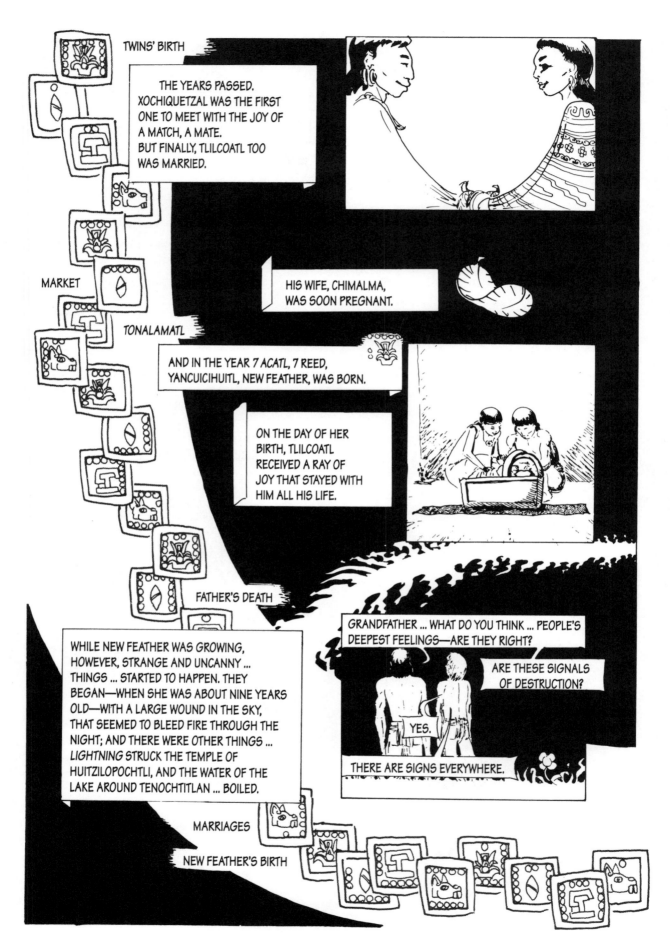

TWINS' BIRTH

THE YEARS PASSED. XOCHIQUETZAL WAS THE FIRST ONE TO MEET WITH THE JOY OF A MATCH, A MATE. BUT FINALLY, TLILCOATL TOO WAS MARRIED.

MARKET

HIS WIFE, CHIMALMA, WAS SOON PREGNANT.

TONALAMATL

AND IN THE YEAR 7 ACATL, 7 REED, YANCUICIHUITL, NEW FEATHER, WAS BORN.

ON THE DAY OF HER BIRTH, TLILCOATL RECEIVED A RAY OF JOY THAT STAYED WITH HIM ALL HIS LIFE.

FATHER'S DEATH

WHILE NEW FEATHER WAS GROWING, HOWEVER, STRANGE AND UNCANNY ... THINGS ... STARTED TO HAPPEN. THEY BEGAN—WHEN SHE WAS ABOUT NINE YEARS OLD—WITH A LARGE WOUND IN THE SKY, THAT SEEMED TO BLEED FIRE THROUGH THE NIGHT; AND THERE WERE OTHER THINGS ... LIGHTNING STRUCK THE TEMPLE OF HUITZILOPOCHTLI, AND THE WATER OF THE LAKE AROUND TENOCHTITLAN ... BOILED.

GRANDFATHER ... WHAT DO YOU THINK ... PEOPLE'S DEEPEST FEELINGS—ARE THEY RIGHT?

ARE THESE SIGNALS OF DESTRUCTION?

YES.

THERE ARE SIGNS EVERYWHERE.

MARRIAGES

NEW FEATHER'S BIRTH

BUT BEFORE THESE OMENS OF DESTRUCTION, NEW FEATHER HAD BEGUN TO GROW IN THE MIDST—INDEED, IN THE CENTER—OF LOVE AND LIGHT. TLILCOATL AND CHIMALMA EXPLAINED TO HER WHAT THEIR PARENTS HAD EXPLAINED TO THEM, AND WHAT ALL PARENTS BEFORE HAD EXPLAINED TO ALL CHILDREN.

BOTH TLILCOATL AND NAUHMITL WERE BRAVE AND OUTSTANDING WARRIORS, AND THROUGH THE YEARS THEY WERE BEING RECOGNIZED AS SUCH. WITH THEIR FIRST SUCCESS—THE CAPTURE OF AN OPPONENT—THEY RECEIVED THE ORANGE MANTLE WITH THE STRIPED BORDER.

ALTHOUGH NAUHMITL MOVED TO TEXCOCO, THE TWO REMAINED FRIENDS, AND THEIR CAREERS ADVANCED IN PARALLEL WAYS.

HIGHER AND HIGHER HONORS FOLLOWED, UNTIL AFTER THE CAPTURE OF A FOURTH PRISONER, TLILCOATL ATTAINED ...

... THE HIGHEST, THE MOST ELITE RECOGNITION A WARRIOR OF HIS BIRTH COULD ASPIRE TO— A DISTINCTION HONORED IN ALL TENOCHTITLAN, IN ALL OF ANAHUAC:

... HE BECAME A JAGUAR WARRIOR.

HELLO, GREAT-GRANDFATHER!

HELLO PRECIOUS NEW FEATHER!

AND WHERE ARE YOU OFF TO?

MOM'S SENDING ME TO PICK SOME FLOWERS FOR THE HOUSE AND FOR MYSELF.

GOOD! THAT'S WHAT ALL THE AZTECA ARE ABOUT— FROM THE COMMONERS TO THE PRINCES!

LOOK!

LOOKS LIKE YOUR FATHER IS COMING BACK FROM BATTLE NOW.

... AND HE'S BEEN DECORATED AGAIN.

NEW FEATHER! TOMORROW YOU'LL BE FIVE. AND I WANT TO TAKE YOU TO THE MARKET!

BUT FIRST ...

I WANT TO GIVE YOU SOMETHING MY FATHER BOUGHT FOR ME YEARS AGO.

WHY DOES EACH SPOT HAVE ITS OWN DESIGN?

...MAGIC!

IN THE YEAR 1-REED ...

... ON THE END OF THE WORLD

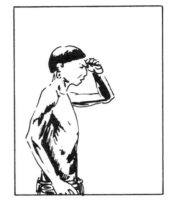

THE MAN TRAVELED, OVER VALLEYS, VOLCANOES AND MOUNTAINS, TOWARD TENOCHTITLAN, AND PRESENTED HIMSELF AT THE VERY PALACE OF MOCTEZUMA.

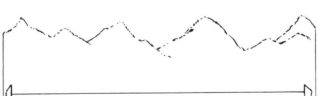

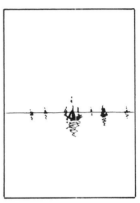

I MUST SEE THE TLATOANI.

HE EXPLAINED WHY HE HAD COME.

HIS REPORT TRAVELED IN THE PALACE, TO HIGHER ...

... AND HIGHER OFFICIALS,

UNTIL IT REACHED THE EARS ...

... OF MOCTEZUMA HIMSELF.

LET HIM IN.

OUR LORD ...

... I HAVE SEEN TOWERS COMING FROM THE OCEAN.

AFTER THEIR LONG TRIP TO AND FROM THE COAST ...

THE AMBASSADORS HAVE RETURNED, OUR LORD.

HAVE THEY BEEN ABOARD THE HOUSE-BOATS?

YES, OUR LORD. THEIR LEADER, OUR LORD, HAS A BEARD ... PERHAPS ... LIKE THE TOLTEC—QUETZALCOATL.

I SHALL HEAR THEM IN THE COACALLI.

LET TWO WAR CAPTIVES BE SACRIFICED. IT MAY BE THE AMBASSADORS HAVE SEEN SOME ... GODS. AND SUMMON THE PRISONER WHO FIRST SAW THE BOATS.

I WILL, MY LORD.

PERHAPS OUR LORD WOULD LIKE TO SEE THE AMBASSADORS' DRAWINGS.

"I WOULD."

"WHAT IS IT, OUR LORD?"

THE SIGN OLLIN.

UNDER THIS SIGN, THE SUN WILL DIE.

A SHORT TIME LATER ...

THE AMBASSADORS AWAIT YOU, OUR LORD.

THANK YOU. YOU MAY GO.

MY LORD ...

WHAT IS IT?

....

THE PRISONER HAS ESCAPED.

30

WHAT DO YOU MEAN, "THE PRISONER HAS ESCAPED!?"

MY LORD, WHEN I ARRIVED AT THE CAGE, NO ONE WAS THERE. COMMAND THAT I BE CUT TO PIECES, OR ...

ESCAPED!

SO THE COMMONER IS GONE NOW! BUT THEN, OF COURSE ... EVERYONE APPEARS TO BE A MAGICIAN THESE DAYS!

LET HIM BE GONE, THEN.

WE SHALL DO WITHOUT HIM.

HAS THE SACRIFICE BEEN PERFORMED?

YES, MY LORD.

YOUR REPORT, THEN.

OUR LORD ...

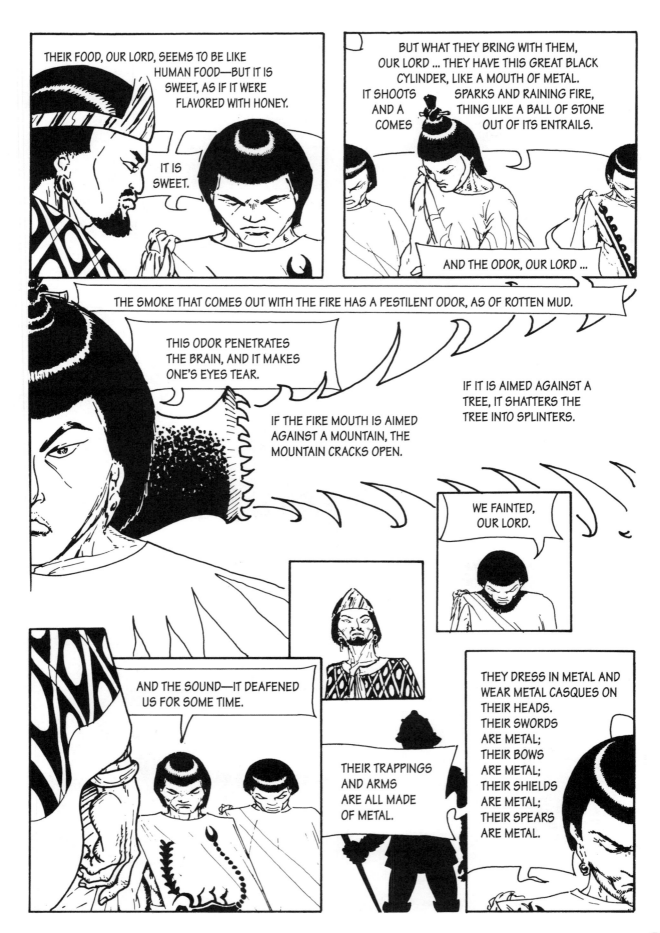

THEIR SKIN IS WHITE,

AS IF IT WERE MADE OF LIME.

THEY HAVE YELLOW HAIR, THOUGH SOME OF THEM HAVE BLACK. THEIR BEARDS AND MUSTACHES ARE LONG AND YELLOW. THEIR HAIR IS CURLY, WITH FINE STRANDS.

THESE DEER, OUR LORD ...

THEIR DEER HAVE NO ANTLERS, BUT FIERY MANES; THEY CARRY THEIR MASTERS ON THEIR BACKS.

... ARE AS TALL AS THE ROOF OF A HOUSE.

THEIR THE COLOR DOGS ARE ENORMOUS, WITH FLAT EARS AND LONG, DANGLING TONGUES. OF THEIR EYES IS A BURNING YELLOW; THEIR EYES FLASH FIRE AND SHOOT OFF SPARKS. THEIR BELLIES ARE HOLLOW, THEIR FLANKS LONG AND NARROW.

THEY ARE TIRELESS AND VERY POWERFUL.

THEY BOUND HERE AND THERE, PANTING, WITH THEIR TONGUES HANGING OUT.

AND THEY ARE SPOTTED LIKE A JAGUAR.

WE NOW RETIRE, OUR LORD.

"BUT WHAT THEY BRING, OUR LORD"

"SEEMS LIKE HUMAN"

"LIKE METAL, OUR LORD."

"THEY BOUND HERE AND THERE, THEIR TONGUES HANGING OUT."

"SHOOTS SPARKS AND RAINING FIRE"

"ARE METAL; THEIR SWORDS"

"WE NOW"

"THEIR BELLIES ARE HOLLOW"

"LIKE A JAGUAR"

"RETIRE"

"OUR LORD"

WHEN MOCTEZUMA HEARD THIS REPORT, HE WAS FILLED WITH TERROR.

IT WAS AS IF HIS HEART HAD FAINTED,

AS IF IT HAD SHRIVELED.

33

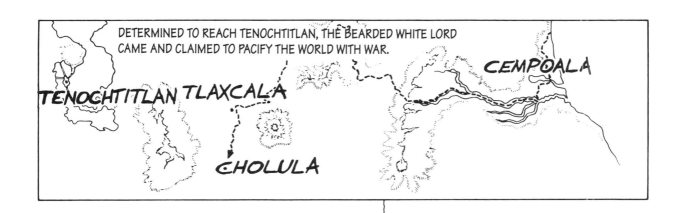

DETERMINED TO REACH TENOCHTITLAN, THE BEARDED WHITE LORD CAME AND CLAIMED TO PACIFY THE WORLD WITH WAR.

CEMPOALA

TENOCHTITLAN TLAXCALA

CHOLULA

HE OFFERED TO THE PEOPLES OF THIS LAND THE MANTLES THAT OUR NOBLES WERE DENYING THEM. HE MADE ALLIANCES, AND SAW THE GLITTER OF GOLD.

WITH THE FIRE AND THE SMOKE OF THE PEOPLE HE BURNED, HE BROUGHT THE ONES HE DIDN'T BURN ON HIS SIDE.

WITH THE INDEPENDENT PEOPLE OF TLAXCALLA, HE WENT INTO CHOLULA, THE VERY PLACE WHERE QUETZALCOATL WAS VENERATED MOST, WHERE IN HIS HONOR STOOD THE LARGEST TEMPLE OF ANY GOD IN ANAHUAC.

"The following day, I burned more than ten villages, one of which had more than thirty-thousand houses; there I only ran into the village's inhabitants, since there was no one else. And since we were carrying the flag with the Cross and we were fighting for our Faith at the service of Your Holy Majesty, God granted us so great a victory that we killed many of theirs without losing any of ours."

THERE HE MASSACRED THE PEOPLE AND HE ORDERED THAT A CHURCH BE BUILT ATOP THE TEMPLE. WHEN THE BATTLE OF CHOLULA WAS FINISHED ...

... THE CHOLULTECA UNDERSTOOD THAT THE GOD OF THE WHITE MEN, WHO WERE HIS MOST POWERFUL SONS, WAS MORE POTENT THAN THEIR OWN.

JUST LIKE THE ANCIENT TOLTECA, THE WHITE LORDS SEEMED TO NEVER TIRE OF MARCHING. AGAINST ALL ODDS, AS IF GUIDED BY A GOD, IN THE END THEY MADE IT TO THE CAPITAL, THE CENTER OF THE WORLD,

TENOCHTITLAN.

THE TWO LORDS, THE AZTEC AND THE WHITE ONE, MET ON THE LAKE ROAD JOINING IZTAPALAPA AND THE CAPITAL.

SOME SAY THAT MOCTEZUMA GREETED THE BEARDED WHITE LORD AS THOUGH THIS WERE QUETZALCOATL OR HIS ENVOY.

BUT WHAT HE REALLY SPOKE—OR THOUGHT—WILL ALWAYS REMAIN A MYSTERY.

<TELL MOCTEZUMA THAT WE ARE HIS FRIENDS. THERE IS NOTHING TO FEAR. WE HAVE WANTED TO SEE HIM FOR A LONG TIME. TELL HIM THAT WE LOVE HIM WELL AND WE ARE CON- TENTED.>

THROUGH HIS TRANS-LATOR, AN ANAHUAC WOMAN, CORTÉS SPOKE.

THEY EXCHANGED NECKLACES. MOCTEZUMA PRESENTED GIFTS. THEN THE STRANGERS WERE LED TO THEIR LODGINGS, MOCTEZUMA'S GREAT-GRANDFATHER'S MAGNIFICENT PALACE, NEXT TO HIS OWN.

IN THAT VERY PALACE THE TWO LORDS TALKED. MOCTEZUMA TOLD CORTÉS THE HISTORY OF THE AZTECA. HOW THEY HAD COME, IN ANCIENT TIMES ...

... FROM THE PLACE CALLED AZTLAN, HOW THEY HAD SUFFERED ENDLESS TRIALS AND HARDSHIPS ...

... TO FIND THE PROMISED SITE FOR THE FOUNDATION OF TENOCHTITLAN.

AND HUITZILOPOCHTLI GUIDED THEM. HE TOLD THEM TO BEAR THE SUFFERING AND THE HARDSHIP;

THAT THEY WOULD BECOME MASTERS OF THE WORLD;

THAT THEY WOULD HAVE PRECIOUS JEWELS AND GOLD, RARE FEATHERS AND EMERALDS.

<WHY, THAT'S WHAT I KEEP TELLING MY MEN!>

CORTÉS THEN EXPLAINED WHY HE HAD COME.

HE EXPLAINED HIS GOD'S CREATION OF THE EARTH; HE EXPLAINED ...

<...THAT WE ARE ALL BROTHERS, CHILDREN OF ONE MOTHER AND FATHER CALLED ADAM AND EVE;

THAT SUCH A BROTHER AS OUR GREAT KING OF SPAIN IS GRIEVING ...

GRIEVING FOR THE LOSS OF SO MANY SOULS AS YOUR FALSE GODS ARE LEADING TO HELL,

WHERE THEY BURN IN LIVING FLAME; AND HE HAS SENT US ...

TO WARN YOU, SO THAT WE MIGHT PUT A STOP TO IT, AND SO THAT YOU MAY GIVE UP THE WORSHIP

OF FALSE GODS AND MAKE NO MORE SACRIFICES— FOR WE ARE ALL BROTHERS—

AND THAT YOU MAY COMMIT NO MORE ROBBERY OR BESTIALITY. BUT IN DUE TIME, HE SHALL SEND MEN

WHO LEAD HOLY LIVES, MUCH BETTER THAN US, TO EXPLAIN THIS MORE FULLY TO YOU.>

SIX DAYS LATER, UNDER THE CIRCLE OF THE CONQUERORS' FIRE-ARMS, OUR LORD MOCTEZUMA WAS CARRIED TO HIS FORCED IMPRISONMENT, ON A HUMBLE LITTER, BAREFOOT, STRIPPED OF HIS ROYAL ROBE, AND DEPRIVED OF HIS INSIGNIA, ON THE SHOULDERS OF HIS QUIETLY-CRYING VASSALS. FOR THE NEXT NINE MONTHS, HE EITHER TRIED OR PRETENDED TO RULE FROM HIS PRECISELY CONTROLLED CAPTIVITY.

<YOU, ALONSO, AND THAT LITTLE BLACK-SHEEP GANG OF YOURS!>

<YOU'RE A DISGRACE TO THIS EXPEDITION. I CAN'T FIGURE OUT WHY CORTÉS HASN'T FED YOU TO THE DOGS YET!>

<BECAUSE CORTÉS IS NOT ONLY A VERY CALCULATING MAN, BUT A VERY CAREFUL ONE.>

<WELL HE MAY NOT HAVE FED YOU TO THE DOGS, BUT IF YOU DON'T GET OUT OF MY WAY ...

... YOU'RE DOGMEAT!>

FASTER THAN THEY COULD BLINK, BEFORE THEY COULD FINISH THEIR STROKES, HE DREW, SWIPED THEIR BLADES FROM THEIR FINGERS, AND ZIPPED THE TIP OF HIS SWORD THROUGH THE VILLAINS' SHIRTS.

<NEXT TIME IT COULD BE YOUR FLESH.>

<YOU'LL PAY FOR THIS, DE LA VEGA!>

... HIS ATTRACTION FOR THE WOMAN, BOYISHLY LOOKED FOR SOMETHING THAT SAID "THANK YOU" IN HER EYES.

BUT THEN HE LOOKED AT THE SITUATION INSTEAD, AND HE COULD ONLY THINK ...

THE KNIGHT, FOR AN INSTANT, AND INDEPENDENTLY OF ...

<I'M SORRY.>

ALVARADO. IT WAS A NAME THE AZTECA WILL NEVER FORGET. MOCTEZUMA WAS IN HIS EIGHTH MONTH OF CAPTIVITY, WHEN CORTÉS SUDDENLY LEFT FOR THE COAST, TAKING MANY OF HIS BEST MEN, TO FIGHT ANOTHER WHITE MAN WHO HAD COME TO CLAIM ANAHUAC IN THE NAME OF THEIR GOD. YOUNG ZICO WAS ORDERED TO GO WITH CORTÉS. ALVARADO WAS LEFT IN CHARGE OF THE REMAINING SPANIARDS AND ALLIES.

AT THE END OF THE MONTH CALLED TOXCATL, THERE WAS A GREAT FEAST ...

... FOR HUITZILOPOCHTLI. THIS WAS ONE OF THE MANY OCCASIONS ...

... WHEN OUR WARRIORS LEFT THEIR WEAPONS AT HOME, DONNED THEIR FINEST REGALIA.

AND DANCED.

THE CITY WAS BUSTLING WITH PREPARATIONS.

HEADS WERE DRESSED FOR SHOW,

FEET FOR DANCE,

HANDS FOR DRUMS,

CHESTS FOR SONGS.

AND THEY DANCED IN THE GREAT TEMPLE COURTYARD.

IN THE LAKE ...

TLILCOATL !!!

GRANDFATHER!...

THEY'RE KILLING ALL OF THEM!! THE EAGLE WARRIORS! THE PRIESTS! THE WOMEN! ALL THE DANCERS!

ALVARADO HAS THEM ALL SURROUNDED! THEY'RE BEING CUT DOWN LIKE CORNSTALKS!

LIKE COUNTLESS OTHERS, TLILCOATL RAN TOWARD THE GREAT TEMPLE, BUT IT WAS TOO LATE.

ALVARADO'S GUARDS HAD SECURED THE GATES OF THE GREAT COURTYARD JUST LONG ENOUGH TO SEE TO IT THAT NO ONE COULD ESCAPE.

ALL 600 DANCERS WERE KILLED.

HANDS WERE CUT OFF;

HEADS SEVERED;

FEET CRUSHED;

CHESTS DRIVEN THROUGH WITH SPEARS.

OUTSIDE THE TEMPLE COURT-YARD, THOUSANDS OF AZTECA, WHO HAD BEEN BLOCKED FROM INTERVENING, COULD ONLY SEE THE STREAMS OF BLOOD POURING OUT FROM WITHIN.

BUT THEY WERE NOT HELPLESS FOR LONG ...

RETREATING TO THE ROYAL PALACE BY THE SKIN OF THEIR TEETH, ALVARADO AND HIS MEN FOUND THEMSELVES LOOKING AT THEIR WORST NIGHTMARE, AS THE STREETS, THE CANALS, AND THE ROOFTOPS ...

... SWARMED LIKE HUNDREDS OF ANTHILLS WITH THOUSANDS OF AZTECA POURING A SHOWER OF SPEARS, ARROWS, AND STONES OVER THEIR WALLS.

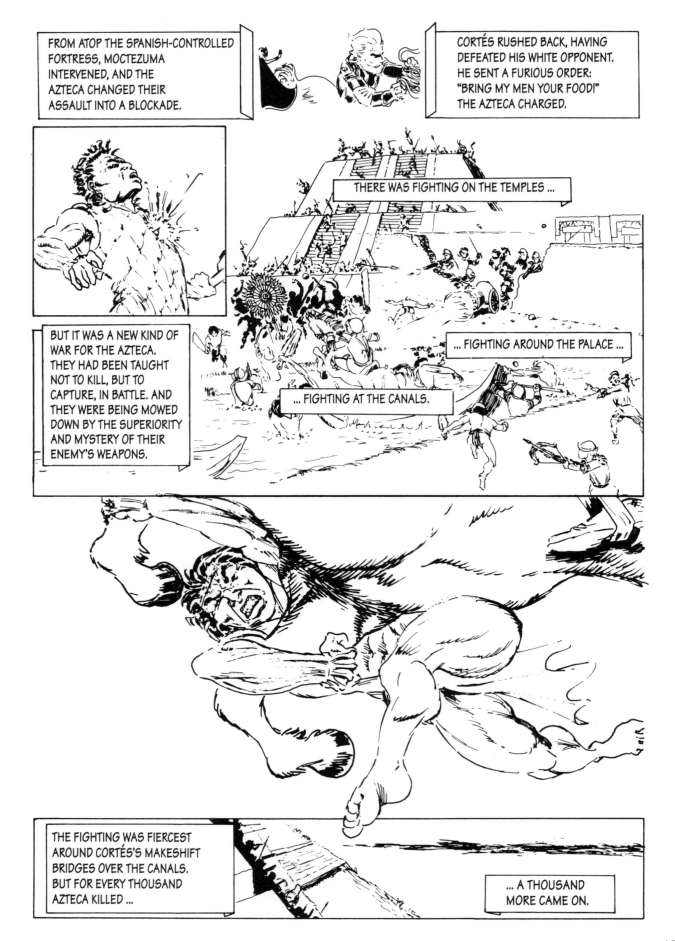

FROM ATOP THE SPANISH-CONTROLLED FORTRESS, MOCTEZUMA INTERVENED, AND THE AZTECA CHANGED THEIR ASSAULT INTO A BLOCKADE.

CORTÉS RUSHED BACK, HAVING DEFEATED HIS WHITE OPPONENT. HE SENT A FURIOUS ORDER: "BRING MY MEN YOUR FOOD!" THE AZTECA CHARGED.

THERE WAS FIGHTING ON THE TEMPLES ...

... FIGHTING AROUND THE PALACE ...

... FIGHTING AT THE CANALS.

BUT IT WAS A NEW KIND OF WAR FOR THE AZTECA. THEY HAD BEEN TAUGHT NOT TO KILL, BUT TO CAPTURE, IN BATTLE. AND THEY WERE BEING MOWED DOWN BY THE SUPERIORITY AND MYSTERY OF THEIR ENEMY'S WEAPONS.

THE FIGHTING WAS FIERCEST AROUND CORTÉS'S MAKESHIFT BRIDGES OVER THE CANALS. BUT FOR EVERY THOUSAND AZTECA KILLED ...

... A THOUSAND MORE CAME ON.

CORTÉS SHOUTED THAT IF THEY DID NOT SURRENDER TO HIM, HE WOULD BURN DOWN EVEN MORE OF THE CITY, UNTIL THEY WOULD ALL BE DEAD.

THE AZTECA YELLED THAT CORTÉS COULD NOT ESCAPE.

BY THE FIFTH DAY, THE SPANIARDS BUILT TOWERS THAT MOVED ON WOODEN ROLLERS. THUS THEY WERE ABLE TO SHOOT AT THE STONE-SLINGING AZTEC FIGHTERS STATIONED ON THE ROOFTOPS.

THE AZTECA BROUGHT TOWERS DOWN.

EAGER TO CAPTURE CORTÉS TO LATER SACRIFICE HIM, THE AZTECA NEARLY CAUGHT HIM. BUT BY AVOIDING CAPTURE, AND THUS SURE DEATH ON THE ALTAR, THE BEARDED LORD EVADED DEATH IN BATTLE.

DURING THIS WAR, ALL OF TLILCOATL'S FAMILY HAD GATHERED AROUND HIS GRANDFATHER: NEW FEATHER, HIS MOM, HIS SISTER XOCHIQUETZAL, AND HIS WIFE CHIMALMA. HE SUDDENLY BURST IN.

GRANDFATHER!

EVERY-BODY!!

MOCTEZUMA'S BEEN HIT!!...

... CORTÉS MUST HAVE CONVINCED HIM TO TALK! HE TRIED TO SAY THE SPANIARDS ARE HIS FRIENDS! ... THE WHITE GUARDS LEFT HIM WITHOUT COVER! ...

AND WHEN WE RESUMED OUR ATTACK...

HE WAS HIT BY SOME OF OUR STONES.

SOON MOCTEZUMA DIED. CORTÉS COULD NO LONGER CONTROL HIM.

NOW THE WALLS AROUND THE PALACE COULD NOT HOLD THE AZTECA BACK.

BUT LIKE HIS WORDS OR THOUGHTS, MOCTEZUMA'S DEATH ALSO REMAINS A MYSTERY.

IT IS A FACT, HOWEVER, THAT HE DIED DAYS AFTER HE WAS HIT; AND MANY STATE THAT HIS BODY WAS FOUND TO BE ...

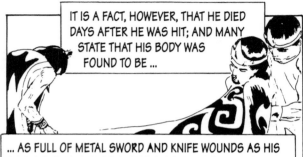

... AS FULL OF METAL SWORD AND KNIFE WOUNDS AS HIS SPIRIT. AND IT IS ALSO A FACT THAT WHEN THE WHITE PRIEST OFFERED HIM THE LAST CHANCE TO RENOUNCE HIS GODS, MOCTEZUMA SENT HIM AWAY.

IMMEDIATELY THE SPANIARDS MADE PREPARATIONS FOR DEPARTURE.

THE MEN HOARDED ALL THE GOLD THEY COULD CARRY—MOST OF WHICH HAD BEEN MELTED DOWN FOR EASY DIVISION.

AT NIGHT ...

WITH CORTÉS AND THE MAIN TREASURE IN THE MIDDLE, AND HIS MEN, ALLIES ...

... AND CAPTAINS AT THE FRONT AND REAR GUARDS ...

... THE WHITE LORDS STEALTHILY SNEAKED OUT OF THEIR FORTRESS AND CAUTIOUSLY ADVANCED TOWARD THE LAKE-ROAD ...

... FOR TLACOPAN, CARRYING WITH THEM A PORTABLE BRIDGE THEY MADE TO CROSS OVER THE CANALS.

BUT THE CITY WAS NOT ASLEEP.

A WOMAN FIRST GAVE THE ALARM, BEFORE THE LAKE-ROAD. WITHIN SECONDS, THE POSTED SENTINELS SHOUTED THE ...

... ALARM ALL THE WAY TO THE GREAT TEMPLE OF HUITZILOPOCHTLI, AND FROM THERE ...

... THE BEAT OF THE TEMPLE DRUM VIBRATED THROUGH THE WHOLE CITY.

THAT BEAT WAS SOON COVERED BY THE SOUND OF THOUSANDS OF RUNNING FEET POUNDING THE STREETS IN THE DIRECTION OF THE SPANIARDS,

WHILE THE CANOES OF TENOCHTITLAN SPED ...

... THROUGH THE WAVES, POWERED BY THE STROKES OF THE BOATMEN, WHO LASHED THE WATER OF THE LAKE UNTIL IT BOILED.

THE BLOODSHED THAT FOLLOWED UNTIL SUNRISE, AS THE SPANIARDS TRIED TO RETREAT ACROSS THE LAKE ROAD, IS BEYOND DESCRIPTION. THEIR PORTABLE BRIDGE SOON LOST ...

... THE SURVIVORS ENDED UP CROSSING THE CANALS OVER THE CORPSES OF TREASURES AND HORSES, WOMEN AND MEN, SPANISH AND AZTEC.

CORTÉS ESCAPED UNDER THE PROTECTION OF HIS GOD.

WHEN THIS TEN-DAY WAR WAS OVER, THE AZTECA STILL CONTROLLED THEIR CITY. THEY SIFTED THE LAKE WATERS AND SORTED THROUGH THE RUBBLE. TLILCOATL HAD LOST HALF HIS FRIENDS AND HIS SIS-   TER XOCHIQUETZAL.

SOON THEY WOULD DISCOVER THAT THE COMING OF THE SPANIARDS WAS FOLLOWED NOT ONLY BY WAR BUT BY DISEASE. WITHIN A FEW MONTHS, A FIFTH OF THEM WOULD DIE.

I MUST SEE HIM!

YOU'RE CRAZY!

HE'S A GOD!

HE OWES US ANSWERS.

YOU DON'T EVEN KNOW WHERE HE IS!

WE'VE HEARD REPORTS FROM OUR MERCHANT SPIES IN TLAXCALLA.

THEY'RE JUST REPORTS!

I'LL FIND HIM.

TLILCOATL!

BUT IT WAS USELESS.

ARMED WITH NO MORE THAN HIS MACUAHUITL, TO FACE THE ENEMY, AND HIS COURAGE, TO FACE THE GOD, TLILCOATL SET OUT ON A JOURNEY ...

... THAT TOOK HIM OVER MOUNTAINS AND ACROSS VALLEYS, TO OTOMPAN, TO TLAXCALLA, TO TEPEACA.

A MASTER, SINCE HIS CHILDHOOD, AT GETTING BEHIND ENEMY LINES UNOBSERVED HE FOUND CORTÉS'S ENCAMPMENT. YET, EVEN AS HE ...

...SLID BEHIND CORTÉS'S OWN GUARDS, HE LEARNED THAT EVEN SUCH A WARRIOR AS HE WAS NOT ABOVE A FALSE STEP, OR A CHANCE SLIP. HE WAS ALMOST CAUGHT.

BUT THE WIND COVERED HIS SOUND.

AS HE SPIED ON THE WHITE LORD ...

... HE SAW HIM ...

... ADMIRING HIS OWN BEARD.

WHEN HE PUT THE MIRROR DOWN,

THE MIRROR SMOKED.

YOU'RE NOT QUETZALCOATL!

YOU'RE TEZCA- TLIPOCA!!!

HE RAN, IN SHOCK.

<SILLY LITTLE INDIAN ...>

47

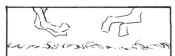

FROM TEPEACA ...   ... TLAXCALLA ...   ... OTOMPAN ...

ONE DAY, AS NEW FEATHER WAS WALKING HOME ...

'SCUSE ME, ... MISS?

AND WHAT DOES A LITTLE SPANISH BOY WANT, IN THE MIDDLE OF THE RUINS OF TENOCHTITLAN?

THERE'S A MAN IN THAT DESTROYED BUILDING WHO'D LIKE TO TALK TO YOU.

... SHE WENT IN.

AFTER MAKING SURE IT WAS SAFE ...

<YOU! ... WHAT DO YOU WANT?>

UH ... WELL, I ...

<HEY! SINCE WHEN DO YOU ...

SPEAK SPANISH?>

<I LIKE TO KEEP ONE STEP AHEAD.>

HOW DID YOU LEARN NAHUATL?

FROM MY FRIEND ORTEGUILLA!

<HE CAN HELP US TRANSLATE.>

I LEARNED SPANISH FROM A PRISONER.

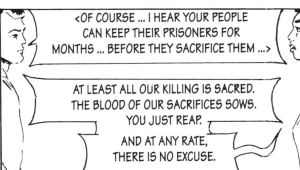

<OF COURSE ... I HEAR YOUR PEOPLE CAN KEEP THEIR PRISONERS FOR MONTHS ... BEFORE THEY SACRIFICE THEM ...>

AT LEAST ALL OUR KILLING IS SACRED. THE BLOOD OF OUR SACRIFICES SOWS. YOU JUST REAP.

AND AT ANY RATE, THERE IS NO EXCUSE.

<BELIEVE IT OR NOT, I NEVER CAME TO DESTROY. I CAME HERE TO LEARN.>

ANYWAY, HOW DO I KNOW YOU ARE NOT A SPY FOR THE ENEMY?

<HOW DO I KNOW YOU'RE NOT A TOP-RANKING GENERAL?>

ZICO AND NEW FEATHER TALKED. AND IN THE DAYS AND WEEKS THAT FOLLOWED THEY MET OFTEN AND REGULARLY. THEY BECAME MORE AND MORE INVOLVED IN EACH OTHER'S LANGUAGE—THE WORDS—THE SYMBOLS, SIGNS AND VOICES OF THEIR PASTS.

THIS IS XOCHIPILLI, PRINCE OF FLOWERS.

NEW FEATHER! THESE POETS ARE SINGING THE OLDEST, END-LESS QUESTIONS OF HUMAN LIFE! THE FLEETINGNESS OF ALL THAT EXISTS ON THE EARTH, THE MYSTERIES SURROUNDING DEATH, THE POSSIBILITY OF UTTERING TRUE WORDS HERE ... ... THE PURPOSE AND VALUE OF HUMAN ACTION, AND THE INSCRUTABILITY AND AT ONCE ALL-EMBRACING ATTRACTION OF THE SUPREME GIVER OF LIFE!

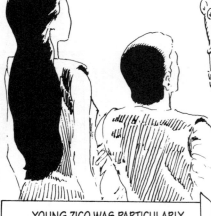

YOUNG ZICO WAS PARTICULARLY MOVED BY THE SOUL OF THE PEOPLE OF ANAHUAC, AS SUNG THROUGH THEIR POETRY.

OUR MOST REMEMBERED POET IS NEZAHUALCOYOTL, PHILOSOPHER RULER OF TEXCOCO, SOME 90 YEARS AGO.

"I, NEZAHOALCOYOTL, ASK THIS:
IS IT TRUE WE REALLY LIVE ON EARTH?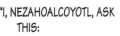

I COMPREHEND THE SECRET,
THE HIDDEN,
O MY LORDS!
THUS WE ARE:
WE ARE MORTAL,
MEN THROUGH AND THROUGH.
WE ALL HAVE TO GO AWAY,
WE ALL HAVE TO
DIE ON EARTH.
LIKE A PAINTING,
WE WILL BE ERASED.
LIKE A FLOWER,
WE WILL DRY UP
HERE ON EARTH.
LIKE PLUMED VESTMENTS
OF THE PRECIOUS BIRD,
THE PRECIOUS BIRD
WITH THE GENTLE NECK,
WE WILL ALL
COME TO AN END.
THINK ON THIS, MY LORDS;
JAGUARS, AND EAGLES.
THOUGH YOU BE OF JADE,
THOUGH YOU BE OF GOLD,
YOU WILL ALSO GO THERE,
TO THE PLACE OF
THE FLESHLESS.
WE WILL HAVE TO DISAPPEAR;
NO ONE CAN REMAIN."

NEW FEATHER TALKED TO HER MOM ABOUT ZICO, AND AFTER THE INITIAL WORRIES, HE WAS EVEN-TUALLY MADE KNOWN TO HER FAMILY AND, SOMEWHAT CAREFULLY, TO THEIR TRUSTED FRIENDS. AND THE TWO CONTINUED TO MEET.

WHAT YOU CALL "POETRY," WE CALL "FLOWER AND SONG." MAYBE THAT'S WHY YOU SEEM TO LOVE OUR LANGUAGE SO WELL: IN ALL LAN-GUAGES, WORDS ARE SYMBOLS—AND IN A WAY, THAT IS BOTH THE ESSENCE AND THE MEANING OF OUR POETRY.

THE AZTECA, LIKE OTHERS IN ANAHUAC, DID NOT WRITE THEIR STORIES AND POEMS; THEY MEMORIZED THEM. AND WHEN ZICO HEARD THEM RECITED, IT WAS AS THOUGH A BRIDGE LAY BEFORE HIM.

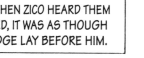

HMMPH!

NEARBY

I'M GOING ON A PILGRIMAGE, TO TEOTIHUACAN.

WHERE DO YOU THINK YOU'RE GOING, WITH THAT FINE COTTON MANTLE OF YOURS?

LEAVE THE FANCY CAPE AT HOME AND SAY HI TO THE GODS FOR ME.

YOU KNOW, TLILCOATL, YOU HAVEN'T BEEN QUITE YOURSELF THESE LAST FEW WEEKS.

I'LL TELL YOU ABOUT THE GODS ...

YOU SHOULD SHOW RESPECT TO THE GODS, GRANDFATHER.

THE GODS?

THE GODS ARE WORDS, MY SON. WORDS. NAMES FOR WHAT'S THERE.

WORDS? YOU'RE BEGINNING TO SOUND LIKE MY DAUGHTER, GRANDFATHER.

HA! GOOD FOR HER!

AT ANY RATE, OUR GODS ARE REAL. AND I HAVE ALWAYS SHOWN RESPECT TO THEM—UNLIKE THE WHITE ONES.

THEIR GOD IS FALSE.

AND IF IT'S TRUE ...

... THEY NEVER LISTEN TO IT.

I THOUGHT YOU JUST SAID THE GODS ARE WORDS! NOW THEY'RE REAL!

REAL? IS WATER REAL? ARE FLOWERS REAL? IS WAR REAL? IS CORN REAL?

WE WORSHIP THESE AND ALL ASPECTS OF EXISTENCE.

IT'S WHEN THIS WORSHIP IS UNBALANCED THAT WE FORGET THE TRUTH BEHIND THE WORD.

WHEN THE MANY ARE DECEIVED BY THE FEW, OR BY ONE ... LIKE TLACAELEL.

TLACAELEL?!

HE WAS THE GREATEST COURT COUNSELOR OF THE GREATEST RULERS!

OH YES!

YOU OWE HIM YOUR MANTLE!

HE SAID:

"I, TLACAELEL, WISH TO GIVE MORE COURAGE TO THE STRONG, AND EMBOLDEN THE WEAK. WHEN YOU GO TO THE MARKET PLACE AND SEE A PRECIOUS EAR-PLUG, OR SPLENDID AND BEAUTIFUL FEATHERS, DO YOU NOT COVET THEM? DO YOU NOT PAY THE PRICE THAT IS ASKED? KNOW NOW THAT LIP PLUGS, GOLDEN GARLANDS, MANTLES, INSIGNIA AND FEATHERS, ARE NOT TO BE BOUGHT IN THE MARKET ANY LONGER. FROM NOW ON, THE RULER WILL DELIVER THEM AS PAYMENT. FOR MEMORABLE DEEDS. EACH ONE OF YOU, WHEN HE GOES TO WAR TO FIGHT, MUST THINK THAT HE HAS JOURNEYED TO A MARKET PLACE WHERE HE WILL FIND PRECIOUS STONES. HE WHO DOES NOT DARE GO TO WAR, FROM NOW ON WILL BE DEPRIVED OF ALL THESE THINGS. HE WILL NOT WEAR COTTON GARMENTS, HE WILL NOT WEAR FEATHERS, HE WILL NOT RECEIVE FLOWERS, LIKE THE LORDS. AND IN THIS WAY, HIS COWARDICE WILL BE KNOWN BY ALL."

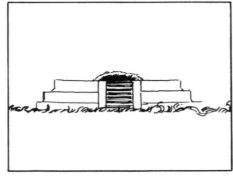

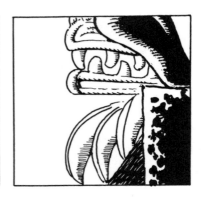

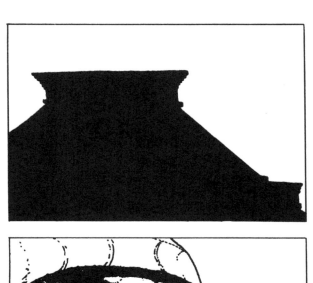

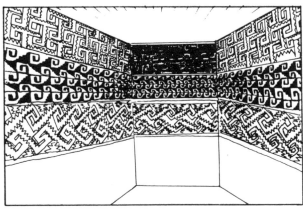
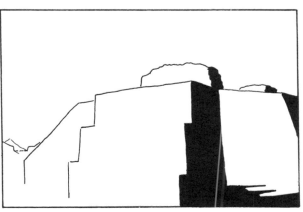
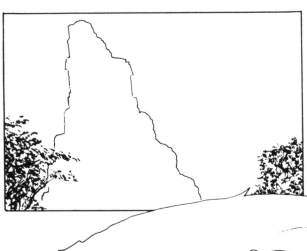

TLILCOATL RETURNED TO TENOCHTITLAN. HIS WIFE GREETED HIM WITH JOY, BUT WITH GRAVE NEWS AS WELL.

TLILCOATL!!!

... TLIL-COATL ... YOUR OLD FRIEND NAUH-MITL ...

HAS BEEN CAPTURED BY OUR ARMY DURING A FLOWERY WAR!

NO!

WHAT IS A FLOWERY WAR?

IT CAN'T BE!!

IT IS A WAR THAT IS MUTUALLY AGREED UPON BETWEEN CITIES

NEITHER FOR GAIN NOR FOR TERRITORY

BUT FOR THE BATTLE CAPTURE OF SACRIFICES FOR THE SUN.

WHERE IS HE?

BOTH ARMIES ENGAGE IN A FLOWERY WAR VOLUNTARILY ...

HE'S BEING HELD PRISONER UNTIL THE GLADIATORIAL SACRIFICE BEFITTING HIS RANK.

... AND BOTH STOP AS SOON AS ONE THINKS ENOUGH CAPTIVES HAVE BEEN TAKEN.

I MUST SEE HIM!

NOBODY COULD STOP HIM. AND SEE HIM HE DID.

TLILCOATL!!!

WHAT HAPPENED TO YOU, MAN?

NAUHMITL!!!

WHEN IS THE GLADIATORIAL SACRIFICE?

IN A FEW DAYS.

I'M READY FOR IT.

NO.

I'M GOING TO PULL YOU OUT OF THIS.

I'LL BE THE FIFTH GLADIATOR! YOU'LL HAVE TO DEFEAT THE FIRST FOUR. IT'S BEEN DONE. EVEN WITH THE FEATHER-SWORD. YOU CAN DO IT.

YOU HAVE TO.

I DON'T KNOW, TLILCOATL ...

TRUST ME.

MAYBE IT IS FITTING THAT THIS SHOULD HAPPEN NOW, NAUHMITL. ... I'VE BEEN DOING A LOT OF THINKING. ANYHOW ... I CAN MEET THE REQUIREMENTS TO BE YOUR LAST...

...OPPONENT: I'M A VETERAN WARRIOR; AND AS FOR MY ABILITY TO FIGHT WITH MY LEFT HAND ...

... EVERYBODY KNOWS I CAN FIGHT WITH THE HAND I CHOOSE.

I'LL TALK TO SOME FRIENDS. I'LL TRY TO GET US SOME TIME TOGETHER,

OUTSIDE YOUR CAGE, AND WE'LL REHEARSE.

AND FOR THE NEXT FEW DAYS, IN SECRET, THEY PRACTICED.

N ... NAUHMITL ...

NAUHMITL!

WHAT HAVE YOU DONE?!

WHAT HAVE YOU DONE?!

NOURISH THE EARTH, TLILCOATL...

FEED THE SUN.

THAT AFTERNOON, AND FOR MANY DAYS, TLILCOATL WENT EVERYWHERE AS THOUGH HE HAD NOWHERE TO GO.

HEY! CONGRATULATIONS ON YOUR VICTORY THE OTHER DAY!

TLILCOATL WAS VISITING HIS MOTHER.

WEAVING WOVEN THREADS, WOVEN WEAVING WEAVES, THE WOVEN WEAVER THREADS

... AND THEN YOUR GRANDFATHER, YOUR FATHER'S FATHER, THREW YOUR UMBILICAL CORD INTO THE OCEAN.

HIS WIFE ARRIVED.

CHIMALMA!

HELLO "MOM," TLILCOATL.

I COULDN'T FIND YOU EARLIER.

I WAS WITH NEW FEATHER.

TLILCOATL ... OUR DAUGHTER IS CARRYING A CHILD.

WHERE IS SHE TAKING IT?

IN HER BELLY, KNUCKLEHEAD! SHE'S EXPECTING!

AND ENGAGED!

THE SPANIARD!

WHERE IS SHE?

YES.

HOME.

TLILCOATL HEADED FOR HIS HOUSE AS THOUGH HE WERE POSSESSED BY XIUHTECUHTLI—THE GOD OF FIRE HIMSELF.

NEW FEATHER! HOW COULD YOU?

DAD ...

WITH A SPANIARD! WITH A SPANIARD!!

IT WAS MY CHOICE, DAD.

WHAT WILL PEOPLE SAY? WHAT OF YOUR NAME? YOUR FAME?

THAT YOU'RE A TROUBLE-CAUSER, PROUD, A LAW UNTO YOURSELF!

BUT NEVER MIND WHAT THEY WILL SAY! WHAT ABOUT YOU, PRECIOUS JEWEL! YOU'RE WITH CHILD ...

MY CHILD ...

BELIEVE IT OR NOT, THIS WAS MY DECISION. I WANT TO MARRY ZICO. I'M NOT SWEPT AWAY BY EMOTION. I'VE BEEN IN LOVE BEFORE ...

YOU KNOW THAT.

I CHOSE HIM.

YOU ...

ZICO ...

HOW DARE YOU TALK TO YOUR FATHER LIKE THIS! I SHOULD HAVE LISTENED TO THE ORACLE IT SAID YOU'D HAVE A MIND OF YOUR OWN

AND A MOUTH OF YOUR OWN AND A ... AND THE PEOPLE ARE RIGHT IT'S THE STUBBORN IN YOU IT'S THE SPANISH IN YOU TALKIN'

YOU'VE LOST YOUR MIND! I DON'T HAVE ANY SPANISH IN ME!

BUH BUT WEH WEH WEH WEH WELL YOU DO NOW!

HAD TLILCOATL FOUND A DOOR, HE WOULD HAVE KICKED IT TO POPO-CATE-PETL.

MONTHS PASSED. NEW FEATHER AND ZICO WERE MARRIED.

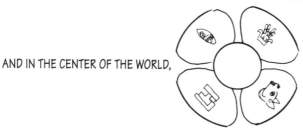

AND IN THE CENTER OF THE WORLD,

ZICO'S AND NEW FEATHER'S CHILD WAS BORN.

IN HER EARS THEY WHISPERED THE SAME SWEET WORDS THAT ..

... HAD BEEN WHISPERED TO NEW FEATHER, TO NEW FEATHER'S PARENTS, TO HER PARENTS' PARENTS, AND TO ALL THE CHILDREN OF ANAHUAC.

BUT BEFORE THE CHILD COULD EVEN BE NAMED,

ZICO CAME BACK FROM ONE OF HIS MANY TRIPS IN AND OUT OF TENOCHTITLAN ...

... WITH AN ANNOUNCEMENT THAT GRIEVED HIS HEART.

TENOCHTITLAN IS BEING SURROUNDED.

FOR MANY MONTHS NOW, TO THE CHAGRIN OF THE AZTECA, THE BEARDED WHITE LEADER HAD BEEN PREPARING HIS RETURN TO TENOCHTITLAN. HE HAD ASSEMBLED HIS STEEL-AND-FIRE-BRANDISHING ARMY, THOUSANDS OF POWERFUL ALLIES, AND 13 WARSHIPS, WITH WHICH TO TAKE THE LAKE, ITS BRIDGES, AND ITS CITIES.

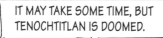

IT MAY TAKE SOME TIME, BUT TENOCHTITLAN IS DOOMED.

LAKE TEXCOCO

4

1 TLACOPAN X

TENOCHTITLAN

3 IXTAPALAPA

2 COYOHUACAN X

THE CHILD IS NOT GOING TO BE SAFE HERE. SHE SHOULD BE IN THE SPANISH CAMP.

THIS IS A CHILD OF ANAHUAC—

SHE IS NOT GOING ANYWHERE.

TLILCOATL—"FATHER"—YOU DON'T KNOW WHAT YOU'RE SAYING ... CORTÉS IS PLANNING SO TERRIBLE A SIEGE, SUCH A DEVASTATING ASSAULT ...

I'LL KILL ALL THE DOGS THAT COME THIS WAY.

YOU'LL DIE.

LOOK! ...

SEE THAT BUTTERFLY?

IT IS BORN AND THEN IT DIES.

IT GIVES ITSELF BACK TO THE WORLD THAT CREATED IT— LIKE THE WARRIOR THAT BECOMES IT.

NOW YOU REALLY DON'T KNOW WHAT YOU'RE SAYING!

I UNDERSTAND MORE THAN YOU THINK, YOUNG MAN.

AND IF THE BABY'S BLOOD IS SPILLED?

BETTER SHE FEED THE SUN THAN THE CONQUERORS.

<NEW FEATHER!! YOU TALK TO HIM!!!>

YOU CANNOT TAKE OUR CHILD!

60

TAKE THE BABY?! TAKE THE BABY?? YOU'RE THE ONE WHO WANTS TO TAKE HER AWAY!

AMIGO! YOU'RE THE ONE WHO WANTS TO GET HIMSELF AND HIS GRANDDAUGHTER KILLED FOR THE SUN!!

I ONLY WANT TO MAKE SURE SHE'S SAFE.

I'M GOING TO TAKE MY DAUGHTER AND MY WIFE WITH ME WHETHER YOU LIKE IT OR NOT!

<NEW FEATHER, THINK OF OUR DAUGHTER!>

<I DON'T WANT EITHER OF YOU TO FIGHT.>

YOU COME IN HERE... SPEAK TO MY DAUGHTER IN THE LANGUAGE OF THE MURDERERS WHO KILLED MY FRIENDS AND MY SISTER, TELL ME THAT YOUR PEOPLE WILL CRUSH MY CITY, AND WANT TO TAKE MY FAMILY AWAY?

CORTÉS CANNOT BE STOPPED. YOUR STUBBORN FIGHT MUST END HERE. **SUN OR NO SUN!**

YOU DON'T UNDERSTAND. I HAVE A RESPONSIBILITY AND A RESPECT FOR SOMETHING HIGHER THAN MYSELF, HIGHER THAN MY INDIVIDUAL WISHES. AND I WILL DEAL DEATH TO THOSE WHO'D CONQUER US, AND RECEIVE IT WHEN IT COMES.

YOU'LL DIE FOR YOUR COUNTRY, I'LL DIE FOR MINE!

ENOUGH

THIS CHILD SHALL NEITHER DIE FOR THE SUN, NOR LIVE FOR THE BUTCHERS!

THE BLOOD RUNNING IN HER VEINS IS MORE SACRED THAN THE BLOOD RUNNING FROM HER VEINS!

AND I WOULD RATHER DIE MYSELF AND WITH MY CHILD, THAN JOIN THE FILES OF THOSE WHO'D KILL OTHERS LIKE US!

I'M GOING TO TAKE THIS CHILD AND HIDE IN THE REEDS

LIKE OUR ANCESTORS DID, BEFORE THEY FOUNDED TENOCHTITLAN! I'M GOING TO

TAKE THIS CHILD AND BRING HER TO THE SAFETY...

...OF MY MOTHER'S OLD HOUSE, AWAY FROM HERE, OFF THE COAST OF XOCHIMILCO!

AND IF EITHER OF YOU TRIES TO STOP ME

SHALL KILL YOU BOTH.

NOBODY REMEMBERS WHICH LANGUAGE SHE SPOKE. BUT THEY BOTH UNDERSTOOD.

AND SHE MEANT IT.

FORGET FIGHTING FOR THE SUN.

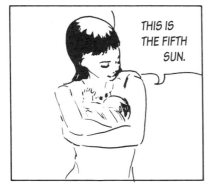

THIS IS THE FIFTH SUN.

THIS IS THE NEW SUN.

THE THREE OF THEM MADE PLANS FOR DEPARTURE. IT WAS UNSAFE TO LEAVE TOGETHER, SO THEY AGREED THEY'D MEET OUTSIDE THE CITY. TRADITION CALLED FOR A PROPITIOUS DAY. NEW FEATHER WOULD NOT HAVE WAITED, BUT ZICO THOUGHT IT WAS A GOOD IDEA.

IT WAS NOT NECESSARY TO CONVINCE CHIMALMA ABOUT THE DEPARTURE.

THEY WENT TO GET TLILCOATL'S MOTHER AND GRANDFATHER.

THE TWO BLESSED THEM, BUT DECIDED TO STAY.

WE'LL TALK AGAIN.

YOU DO NOT FEAR

THE NAME "COWARD"?

AS DEATH WAS CLOSING IN AROUND THEM, THEY PREPARED TO GO.

TENOCHTITLAN FELL.

IT TOOK CORTÉS AND HIS THOUSANDS OF FOLLOWERS 75 DAYS, BUT TENOCHTITLAN FELL. IT WAS THE YEAR 3 CALLI—"1521." SCORES AND SCORES AND SCORES OF AZTEC WARRIORS AND CIVILIANS DIED FIGHTING—OR MERELY BECAUSE THEY LIVED IN THE CAPITAL. THOSE WHO CHOSE TO DIE OFFERED THEIR BLOOD TO THE EARTH, BUT WITH IT ALSO THE BLOOD OF THOSE WHO HAD COME TO CONQUER HER. BUT THE BLOOD OF SOLDIERS HAS NEVER STOPPED THE ADVANCE OF THE LEADERS BEHIND THEM, AND THE STENCH OF DEATH ...

—OF THE PEOPLE WHO ARE NO LONGER— REMAINED JUST AS DEEP. TENOCHTITLAN FELL. OR SO THE CONQUERORS THOUGHT. ONLY DEATH CAN TAKE LIFE AWAY. THE PEOPLE OF ANAHUAC STILL INHABITED TENOCHTITLAN.

THOSE WHO LIVED—THOSE THE CONQUERORS THOUGHT THEY CONQUERED—LIVED LIKE FLOWERS; THOSE WHO DIED GAVE THEMSELVES BACK TO THE LAND AS SEEDS. AS FOR TENOCHTITLAN, THE EARTH TOOK IT BACK IN HER. SURE, AS BEFORE, NEW MEN WOULD RULE OVER ITS RICHES, BUT THEY NEVER OWNED IT. AND LIKE THE LORDS IN NEZAHUALCOYOTL'S POETRY, WHERE ARE THEY NOW?

BEFORE THIS ALL, IN THE FACE OF DEATH, JUST BEFORE LEAVING FOR CHIMALMA'S OLD HOUSE ...

... NEW FEATHER AND ZICO DECIDED TO NAME THE CHILD.

SHE SHOULD HAVE A SPANISH NAME TOO, TO BE SAFE FROM THE SPANIARDS.

I MEAN, FROM THOSE WHO'D HURT HER.

AMANDA... IN LATIN, OUR ANCIENT TONGUE, IT MEANS "SHE WHO IS TO BE LOVED."

ON THE NIGHT THEY DECIDED TO LEAVE, THE GROUP SPLIT UP AS PLANNED ...

NEW FEATHER AND CHIMALMA, WITH THE AZTEC-SPANISH BABY,

WOULD HIDE IN THE REEDS OF THE LAKE DURING THE RAGE OF THE BATTLES; IN THE MOMENTS OF QUIET, OR WHEN IT WAS NECESSARY ...

... THEY WOULD WALK STRAIGHT TO THE SPANISH GUARDS. RATHER THAN HIDE HER, THEY SAID NOTHING AND SHOWED THE BABY.

THE GUARDS SILENTLY LET THEM PASS.

ZICO ...

... MOUNTED HIS HORSE, WITHIN THE SPANISH FILES, AT

A DISTANCE,

READY TO COME IN FASTER THAN HIS OWN HORSE, SHOULD HE SPOT OR HEAR OF ANY TROUBLE.

TLILCOATL USED ALL HIS SPIRIT, ALL HIS ABILITIES, AND ALL HIS TRAINING—AS WELL AS HIS PRAYERS FOR HIS FAMILY TO ALL THE GODS AND TO ANYONE OR ANYTHING ELSE OUT THERE.

THEY WERE ALL SUPPOSED TO MEET AT AN OLD OAK TREE THEY ALL KNEW.

BUT IT SEEMED THE GODS WERE NOT WITH THEM THAT NIGHT, AS, FROM THE DEEPEST SHADOWS ...

...CHIMALMA AND NEW FEATHER WERE ATTACKED.

USING THE STARS AS A GUIDE, THEY HEADED 🐾 SOUTH,
TAKING WITH THEM EVERYTHING THEIR MEMORY COULD CARRY,
AND EVEN WHAT THEY DID NOT KNOW THEY REMEMBERED.
THEY MADE IT TO XOCHIMILCO, AND FROM THERE TO THE
FLOATING GARDENS OFF ITS SHORES, WHERE, WITH TIME,
THEY BEGAN ANEW TO FISH THE WATERS AND WORK WITH THE LAND.

ONCE AGAIN, TLILCOATL
WENT ON A PILGRIMAGE
TO ANCIENT TEOTIHUACAN.
HE HAD GIVEN UP FIGHTING
FOR THE SUN.
PERHAPS THAT WAS HIS
BIGGEST SACRIFICE.
AND THEN HE—YOUR
GRANDFATHER—CLIMBED TO
THE TOP OF THE PYRAMID
OF THE SUN.

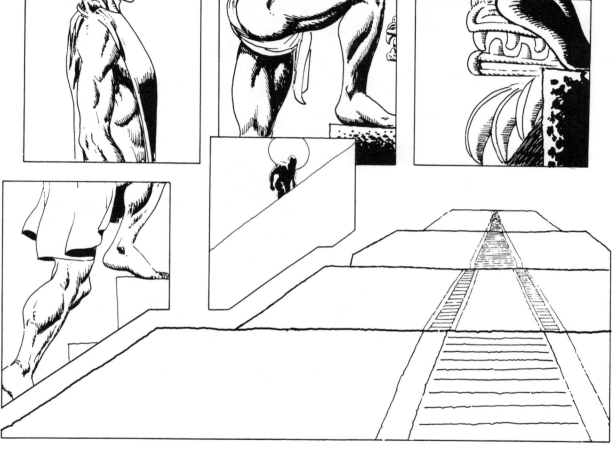

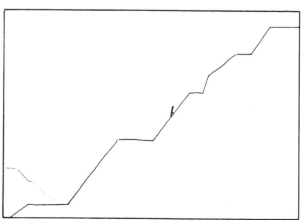

THE SUN WAS STILL THERE,

RADIANT AS EVER.

NOTES

COVER: The large circular artifact, 12 feet (3.6 m) in diameter, is the Aztec "Stone of the Sun," displayed at the Museo Nacional de Antropologia in Mexico City. It shows the fifth sun (see note for p. 18) enclosed in the sign 4 ollin (4 movement), here encompassing the signs of the previous four suns as well as claws with human hearts, surrounded by the 20 day signs (note, p. 24), and enclosed by the fire serpent, Xiuhcoatl.

Some artistic liberties have been taken with the jaguar suit and the four quadrants. The traditional loincloth is missing from the suit, and the jaguar spots are stylized. The ornamental claws, although they appear in some post-conquest drawings, were probably not part of the outfit. The four quadrants represent the Mesoamerican cosmos, divided into four regions and a center, the fifth "direction," pivot of equilibrium. Each quadrant is associated with a sign and a direction: reed—east, flint knife—north, house—west, rabbit—south. Here, they are replaced by images appearing in the story (left to right, top to bottom: Teotihuacan mask of the feathered serpent, the lord of death, reed, flower.)

p. 1—The illustration (without the reflection) is inspired from and in the style of a sixteenth century postconquest Mesoamerican pictorial manuscript, depicting the arrival of the Spanish ships.

p. 3—The pyramids of Quetzalcoatl (top) and of the sun (bottom) are displayed here as they appear today. At the time of the Aztecs, the former had not been excavated; the latter was somewhat in ruins, although it was the destination of pilgrimages.

p. 8—Quotation marks within boxes indicate dialogue, rather than the narrator's voice.

"In the Center of the World"—The Aztecs not only placed their capital, Tenochtitlan, at the pivotal center of the universe, but designed and constructed their city in uncanny alignment with space-time cosmic relations (see Carrasco, Matos Moctezuma, Broda, López-Austin in Bibliography).

The images at the bottom of the page juxtapose the sun with flower, shield, arrows, and gushing blood.

Shield and arrows were the conventional symbols for war. Multiple and juxtaposed images and symbols are intrinsic to Aztec iconography.

sources: "Precious jewels ... heaven." Author's translation from the Italian, adapted from B. Fagan, *Gli Aztechi*, trans. B.B. Elleni, (Milano, 1989), p. 173.

"My very ... death" adapted from F.A. Peterson, *Ancient Mexico*, (London, 1961), p. 155.

p. 9—The naming ceremony had to take place on a propitious day within a time limited by calendric "clusters" of 13 days.

Imagery—Throughout Mesoamerica, there are virtually no visual representations of Ometeotl. (One tribe, the Otomí, associated the obsidian butterfly with Ometeotl's attire.) Ometeotl is everywhere, but nowhere to be seen. Of the images appearing on this page, corn—of primary importance in Mesoamerica—was symbolic of fertility, birth, and life; the footprint of gods and humans (without the white shadow) is found repeatedly in Mesoamerican art. The question-mark shape represents speech. The hearth was vital to the newborn's life while he or she awaited the naming ceremony (the god of the hearth is sometimes overlapped with Ometeotl). Any element of duality, such as water and fire, was intrinsic to the supreme dual divinity.

The mat, arrows and feathers, and coa (digging stick) are depicted somewhat inaccurately. The arrows were normally four in number.

p. 11—Once the newborn was named, children would run through the streets carrying corn and shouting the baby's name.

In the Aztec world, the birth of twins was actually looked upon as an unfortunate event ,or even a danger.

pp. 12–13—The market at Tlateloco—the twin city or northern "half" of Tenochtitlan—was the biggest and most famous market in the Aztec domain (To this day, the Tlateloco section of Mexico City has a smaller, but still famous market). The spectacular markets of Mexico were neat and orderly and regulated by judges in the event of fraud or disputes.

Clothing was an officially regulated status symbol; only nobles and high ranking warriors were allowed to wear cotton clothing and specific designs, ornaments, and lengths (see also p. 25 and p. 51). There are questions and doubts, however, as to the extent of these sumptuary laws.

Cacao beans, pieces of copper, and lengths of cotton cloth called mantles were used as currency.

p. 14—The *tonalamatl* (Book of Days, Book of Destiny) was a sacred pictorial manuscript drawn and interpreted by priest-scribes. Hundreds or thousands of these colorful "screenfold" books, made of bark or animal skin (now referred to as codices), were burned by the conquistadores and zealous missionaries. A few have survived and are kept in museums and libraries around the world. (It is very unlikely that even an unfinished or imperfect book could be accidentally lost, but our young protagonists had a rare and uncanny stroke of magic fortune.)

The emanations from an old person's heart were deemed too strong and even harmful for the very young.

pp. 15–17—These pages depict divinities of primary importance, but show only a fraction of the Mesoamerican pantheon. Tlaloc was one of the oldest and most venerated gods. Huitzilopochtli was a minor deity elevated by the Aztecs to the role of patron god. The Great Temple of Tenochtitlan was dedicated to these two gods (see p. 40). Tezcatlipoca and Quetzalcoatl were the first divine offspring of Ometeotl (although three or even four aspects of Tezcatlipoca constituted such offspring, "distributed" to the four regions of the world).

sources: "Sower ... courage," "Sometimes ... misery," "He can bring ... evil" adapted from F.A. Peterson, *Ancient Mexico*, p. 130.

"Lord of everywhere" reprinted from *To Change Place* by Davíd Carrasco, (University Press of Colorado, 1991), by permission of the publisher.

"In a sense ... Tezcatlipoca," quoted from Carrasco, ed., *To Change Place*, p. 42.

"And whenever ... perish" adapted from B. de Sahagún, *Florentine Codex: General History of the Things of New Spain*, trans. A.J.O. Anderson and C.E. Dibble, (Salt Lake City and Santa Fe, 1950–1982), Book 3, p. 12.

p. 17—*source*: "He is the eternal ... sky! ... sky!" adapted from Peterson, *Ancient Mexico*, p. 129.

p. 18—The tallest pyramid in the world is the one at Cholula (see p. 35). (The sun pyramid at Teotihuacan is third tallest, following Cheops' pyramid in Egypt.) "The greatest one in the world" is a statement reflecting the opinion of the speaker on p. 18.

Different versions of the Mesoamerican myth reverse the order of the first four suns (jaguar, wind, fiery rain, water). In Mesoamerica, the Aztecs laid the most emphasis on sustaining the sun with blood.

p.19—*source*: "One was ... blood" adapted from A. Caso, *The Aztecs: People of the Sun*, trans. L. Durham, (Norman, 1959), p. 17.

p. 20—The four-petaled flower was, among other things, symbolic of the world (see note for cover). It also was symbolic of both blood and beauty.

p. 21—There were separate temple schools for nobles, commoners, and boys and girls (there is little information about girls' schools). Children and youth, at home and at the temple schools, received spiritual, practical, and social education. All children, regardless of sex or social status, attended the *cuicacalli* in the evening.

"... and then, with the first rays of the sun, to sneak up on dozing ducks. [The ducks], startled, would end up caught in the net." Author's translation from Italian, B. Fagan, *Gli Aztechi*, p. 110.

p. 24—As part of the marriage ceremony, there was an actual "tying of the knot" of the bride's and groom's mantles.

The Aztec calendar, precise and sophisticated, divided the solar year into 18 months of 20 days, plus five nameless and "unlucky" days. Simultaneously, a ritual calendar of 260 days (the 20 day names matched to the numbers 1 through 13) was consulted for divinatory purposes. The years took the names of the four direction signs (reed, flint knife, house, rabbit—which were also part of the 20 day signs). They were also matched to the numbers 1 through 13, giving a time cycle of 52 years. All possible combinations of day, number, month, and year repeated every 52 years.

p. 25—The jaguar warriors and the eagle warriors (associated primarily with Tezcatlipoca and Huitzilopochtli respectively) were the elite and bravest military orders of the Aztecs.

p. 28—Although it is unlikely that Moctezuma (or anyone) would wear a cloak longer than ankle-length, the criterion for this artistic license is based on trying to convey the majestic splendor—unpreserved but everywhere exalted—of the Aztec nobles' attire: "Every aspect of the tilmatli [mantle] conveyed meaning to members of Aztec society ... the [mantle] was the principal visual status marker in Aztec society, and its material, decoration, length, and manner of wearing instantly revealed the class and rank of the wearer." (P. Anawalt, *Indian Clothing Before Cortés*, (Norman, 1990), p. 30).

p. 30—Although there is no record of its contents, it is a historical fact that the Aztec ambassadors drew for Moctezuma a pictorial report of their encounter with the Spaniards.

We know that the palace walls were richly and colorfully painted, but most Aztec mural decorations and walls have been lost through time and man's actions. The designs here and elsewhere are, therefore, conjectural.

p. 31—The thin, round columns are for dramatization. Aztec columns were typically large, square and made of stone.

source: "Everyone ... then." adapted from M. Léon-Portilla, *The Broken Spears* (Boston, 1962), pp. 15, 18.

pp. 32–34—*source*: based upon and adapted from M. León-Portilla, *The Broken Spears* , pp. 30–31.

p. 33—The horse was reintroduced to the New World by the Europeans, after its extinction in America.

p. 34—The eagle is associated with the sun, Huitzilopochtli, and the pictorial glyph symbolizing Tenochtitlan—an eagle perched atop a prickly pear cactus on a rock. According to legend, when the Aztecs—originally from Aztlan (see p. 37)—were searching for their promised land, Huitzilopochtli told them through an oracle that they would reach their destination when they would find the eagle as described above. When the Aztecs reached the promised site, they founded their new capital, naming it Mexico-Tenochtitlan—and called themselves Tenochca and Mexica. To the later world, they became known as the Aztecs. The design at the bottom, beside the cactus, shows a temple being burned. This sign, as seen in the codices, stood for the defeat of a city (it was accompanied by the city's pictorial glyph). Pictured to the left is Quetzalcoatl, to the right, Tezcatlipoca.

The sandal heel strap is a stylistic choice. Aztec sandals wrapped around the heel (see p. 28).

p. 35—The rulers of Tenochtitlan, in their primary role within a triple alliance with neighboring Texcoco and Tlacopan, started to restrict and regulate the wearing of cotton and decorated clothing among their people, and also extended their control into a vast domain that stretched from the Gulf of Mexico to the Pacific coast. Rich mantles often were the form of tribute exacted from the defeated provinces throughout the land. Tlaxcalla was the only province in this vast domain that had remained independent and in defiance of the power of Tenochtitlan.

sources: "The following day ... of ours" author's translation from Italian, quoted from H. Cortés's *La*

Conquista del Messico. trans. L. Pranzetti, (Milano, 1987), p. 66

"When the ... own". quoted from M. Léon-Portilla, *The Broken Spears*, p. 48.

p. 36—Cortés landed near present day Veracruz on April 21, 1519. He entered Tenochtitlan on November 8, 1519. (Eagle and cactus: see note to p. 34).

Although Cortés would have embraced Moctezuma, the Aztecs held their lord back. The Spaniards were notorious for their foul smell, and their custom of embracing the nobles they met was soon countered by the indigenous practice of engulfing the Spaniards with incense, a practice that the conquerors misinterpreted.

source: "Tell ... contented" quoted from M. León-Portilla, *The Broken Spears*, p. 48.

p. 37—The word "months," here and below, refers to Aztec months (20 days, see note to p. 24).

The interpreter was a young noble woman given or sold to Cortés.

source: "We are all ... to you" adapted from B. Díaz, *The Conquest of New Spain*, trans. J.M. Cohen, (Middlesex, 1965), p. 222.

p. 38—< > indicate dialogue in Spanish.

p. 39—Alonso de Grado was a somewhat reluctant and relatively pacifistic member of Cortés's expedition.

p. 40—The governor of Cuba had sent a man, Panfilo de Narvaez, and his army to stop Cortés (who was going well beyond his authorized mission) and conquer or claim Mexico under the governor's authority. Pedro de Alvarado was one of Cortés's top men. The exact reasons for the massacre of the Aztecs remain subject to speculation.

In the month called Toxcatl the Aztecs celebrated, in sequence, Tezcatlipoca and Huitzilopochtli. Every month had specific religious celebrations.

p. 41–44—The design on the walls and palace is somewhat conjectural.

source: "lashed the water ... boiled" quoted from M. León-Portilla, *The Broken Spears*, p. 48.

p. 45—The bloody retreat of the Spaniards became known in history as *La Noche Triste* (Night of Sorrows).

A fifth of the population died of smallpox, a disease introduced to the New World by the conquerors, and against which the indigenous population had no natural immunity.

p. 46—From Torres-Quintero, Gregorio. *Leyendas Aztecas*. (Mexico, D.F, 1926) p. 8:

"You!" They said to Tezcatlipoca, "We lay it upon you to mortify, to trick, and to mock this foreign priest who lets himself be called Quetzalcoatl." (Author's translation from Spanish.)

(The story of Tezcatlipoca's treachery of the Toltec Quetzalcoatl appears in many different Mesoamerican myths.)

p. 47—In his retreat from Tenochtitlan and toward allied Tlaxcalla, Cortés barely survived a tremendous battle in the valley of Otompan. From Tlaxcalla, while regrouping his forces, Cortés undertook several military campaigns in preparation for his renewed assault on Tenochtitlan. Tepeaca was the site of one such military campaign.

p. 49—Orteguilla is a fictional character named after and derived from a real person: a young page in the Spanish camp who began to learn the Aztec language. His tender age here is a fictional liberty.

p. 50—Although the oral tradition was quite widespread throughout Mesoamerica, actual writing had been used by the Maya.

sources: "I, Nezahualcoyotl ... remain" reprinted from *Native Mesoamerican Spirituality*, Miguel León-Portilla, ed. ©1980 by the Missionary Society of St. Paul the Apostle in the state of New York. From the Classics of Western Spirituality Series, used by permission of Paulist Press.

"The fleetingness ... of life" reprinted from *Native Mesoamerican Spirituality*, Miguel León-Portilla, ed. ©1980 by the Missionary Society of St. Paul the Apostle in the state of New York. From the Classics of Western Spirituality Series, used by permission of Paulist Press.

p. 51—*source:* "I Tlacaelel ... by all" adapted from P. Anawalt, *Indian Clothing Before Cortez*, pp. 27–28.

p. 52–*source:* "Blood, the most ... the lands" adapted from F.A. Peterson, *Ancient Mexico*, p. 152.

p. 53—(1) El Tajín, Building V. (2) Chichén Itzá, the castle. (3) LaVenta, Colossal Olmec head. (4) Tula, Atlantean statues-Temple of Tlahuizcalpantecuhtli. (5) Mitla, the Palace of the Columns. (6) Monte Albán, the observatory. (7) Tikal, Temple 1. (8) Copán, God of the Sun, the jaguar stairway. The perspective for the eighth image is a "visual quote" of sorts from Roberto Schezen's beautiful *Visions of Ancient America*, (New York, 1990), p. 195.

p. 55—Tlahuicole was a famous Tlaxcallan warrior who defeated all five opponents in the gladiatorial fight. He was then put in charge of an Aztec campaign against another enemy tribe. After the campaign, he also chose to die and was sacrificed (A. Caso, *The Aztecs: People of the Sun*, p. 73–74).

p. 62—Coatlicue, "She of the Serpent Skirt," mother of the gods and men, earth goddess, goddess of birth and death, supreme mother.

p. 65—After the siege, Tenochtitlan ultimately fell to Cortés on August 13, 1521. The first few panels illustrate the beginning lines of the famous Nahuatl elegy known to us through Professor León-Portilla as "Broken Spears."

"Broken spears lie in the roads;

We have torn our hair in grief.

The houses are roofless now, and their walls

are red with blood ... (M. León-Portilla, *The Broken Spears*, p. 137)

Panel 5 is a fictitious liberty. Although this scene occurs just before the siege, all men, women, and children, young or old, trying to leave Tenochtitlan were stripped or searched by the conquistadors for jewelry or gold.

p. 69—The *chinampas* or floating gardens, small cultivated gardens surrounded by the waters of Lake Texcoco, can still be visited today in the Xochimilco area of Mexico City.

GLOSSARY OF NAHUATL TERMS

acatl (a-KATL)—"Reed," one of the 20 day signs and one of the four year/direction signs used in the Aztec calendar.

Anahuac (An-A-wak)—"Land Between Waters," the world, the land, as known by the people of Mesoamerica.

Aztec—the general term used for the civilization of several Indian groups of central Mexico that shared similar languages and customs during the two centuries before the Spanish conquest. One of these groups, the Mexica, are now called Aztecs.

Aztlan (AZT-lan)—"Place of the White Heron," the legendary place of origin of the Aztecs.

calli (CA-lee)—"House," one of the 20 day signs and one of the four year/direction signs used in the Aztec calendar.

Cempoala (Cem-po-A-la)—a city near present day Veracruz, the site of one of Cortés's first encounters with the Mesoamerican civilizations.

Cholula (Cho-LOO-la)—site of the tallest pyramid on earth, main center for the worship of Quetzalcoatl; one of the many cities that were razed to the ground by the conquerors.

coacalli (kwa-KA-lee)—"House of Serpents," part of the palace grounds.

Coyohuacan (Ko-yo-WA-kan)—city southwest of Tenochtitlan; one of the strategic starting points for Cortés's attack on Tenochtitlan in 1521.

cuicacalli (kwee-ka-KA-lee)—"House of Song," school where children learned history and spirituality through song and music.

Ixtapalapa (Eesh-ta-pa-LA-pa)—city south of Tenochtitlan; one of the strategic starting points for Cortés's attack on Tenochtitlan in 1521.

macuahuitl (ma-KWA-weetl)—wooden sword edged with obsidian blades used by Aztec warriors.

Nahuatl (NA-watl)—the Aztec language.

ollin (OH-lin)—"movement," one of the 20 day signs and one of the four year/direction signs used in the Aztec calendar.

Otompan (O-TOM-pan)—site of a formidable battle during Cortés's retreat from Tenochtitlan in 1520.

Popocatepetl (Po-po-ka-TA-petl)—one of the two great volcanoes southeast of Lake Texcoco.

quachtli (KWA-chtlee)—cotton mantle or strip, also used as means of economic exchange.

tecpatl (TEK-patl)—"flint knife," one of the 20 day signs and one of the four year/direction signs used in the Aztec calendar.

tochtli (TOCH-tlee)—"rabbit," one of the 20 day signs and one of the four year/direction signs used in the Aztec calendar.

Tenochtitlan (Te-noch-TEET-lan)—"Place of the Prickly Pear Cactus Fruit," capital city of the Aztec empire, founded in 1325 on an island in Lake Texcoco, site of present-day Mexico City. Member of the Triple Alliance with Texcoco and Tlacopan.

Teotihuacan (Te-o-tee-WA-kan)—"Place Where the Gods Were Born," large and influential ancient city in south central Mexico built between 100 B.C. and A.D. 750. According to myth, the last and present sun was created here.

Tepeaca (Te-pa-A-ka)—site of one of Cortés's military expeditions before he returned to Tenochtitlan for the final battle.

Texcoco (Tesh-KO-ko)—city on the east coast of Lake Texcoco. Member of the Triple Alliance with Tenochtitlan and Tlacopan.

Tlacopan (Tla-KO-pan)—city on the west coast of Lake Texcoco, where Cortés retreated in 1520 and from where he launched his attack on Tenochtitlan in 1521. Member of the Triple Alliance with Tenochtitlan and Texcoco.

Tlatoani (Tla-to-A-nee)—"great speaker," name of the Aztec ruler.

Tlaxcalla (Tlash-KA-lah)—powerful independent city-state that the Aztecs never conquered.

Tolteca—the ancient people of Tula; the Aztec claimed the Tolteca as their ancestors.

tonalamatl (to-na-LA-matl)—"Book of Days," sacred book both drawn and interpreted by the priests.

Toxcatl (Tosh-katl)—month in the Aztec calendar when Tezcatlipoca and Huitzilopochtli were celebrated.

Xochimilco (So-she-MIL-ko)—community famous for its island gardens, south of Tenochtitlan.

BIBLIOGRAPHY

Anawalt, Patricia R. *Indian Clothing Before Cortez*. Norman: University of Oklahoma Press, 1990.

Bandelier, Adolph. F. *On the Social Organization and Mode of Government of the Ancient Mexicans*. Salem, New York: Cooper Square Publishers, 1975.

Codex Magliabechiano. Edited by Elizabeth Hill Boone and Zelia Nuttall. Berkeley: University of California Press, 1983.

Bray, Warwick. *Everyday Life of the Aztecs*. New York: Dorest Press, 1987.

Broda, Johanna, David Carrasco, and Eduardo Matos Moctezuma.*The Great Temple of Tenochtitlan: Center and Periphery in the Aztec World*. Berkeley, Los Angeles, and London: University of California Press, 1987.

Burland, C. A. and Werner Forman. *Feathered Serpent and Smoking Mirror*. New York: Putnam, 1975.

Carrasco, Davíd, ed. *To Change Place: Aztec Ceremonial Landscapes*. Niwot: University Press of Colorado, 1991.

_____. *Religions of Mesoamerica: Cosmovision and Ceremonial Centers*. San Francisco: Harper and Row, 1990.

_____. *Quetzalcoatl and the Irony of Empire: Myths and Prophecies in the Aztec Tradition*. Chicago: University of Chicago Press, 1982.

Caso, Alfonso. T*he Aztecs: People of the Sun*. Translated by Lowell Durham. Norman: University of Oklahoma Press, 1958.

Cortés, Hernán. *La Conquista del Messico*. Translated by Luisa Pranzetti. Milano: Rizzoli, 1987.

Díaz , Bernal del Castillo. *The Conquest of New Spain*. Translated by J.M. Cohen. Baltimore: Penguin, 1965.

Fagan, Brian M. *Gli Aztechi*. Translated by Barbara Besi Elleni. Milano: Garzanti, 1989.

Gomora, Antonio G. *Tehuatzin Ti Mexikatl! Eres Mejicano?*, Mexico, D.F.: Antonio Gomora, 1986.

Jeffrey, S. and K. Wilkerson. "Following Cortés: Path to Conquest." *National Geographic*, Vol. 166, no. 4, 1984, pp. 420–57.

León-Portilla, Miguel. *Aztec Thought and Culture*. Translated by Jack Emory Davis. Norman: University of Oklahoma Press, 1990.

_____. *The Broken Spears*. Translated by Lysander Kemp. Boston: Beacon Press, 1962.

_____. ed. *Native Mesoamerican Spirituality: Ancient Myths, Discourses, Stories, Doctrines, Hymns, Poems from the Aztec, Yucatec, Quiche-Maya and Other Sacred Traditions*. Translated by A. Anderson, C. E. Dibble, and M.S. Edmonson. New York: Paulist Press, 1980.

Lopéz-Austin, Alfredo. *The Human Body and Ideology*. Translated by Thelma Ortiz de Montellano and Bernard Ortiz de Montellano. Salt Lake City: University of Utah Press, 1988.

Matos Moctezuma, Eduardo. *Official Guide: The Great Temple*. Translated by D.B. Castledine. Mexico D.F.: INAH, Salvat, 1991.

_____. *The Aztecs*. Translated by Andrew Ellis. New York: Rizzoli, 1989.

_____. "New Finds in the Great Temple." *National Geographic*. Vol. 158, no. 6, 1980,. pp. 767–75.

McDowell, Bart. "The Aztecs." *National Geographic*, Vol. 58, no. 6, 1980, pp. 714–51.

Molina Montes, Augusto F. "The Building of Tenochtitlan." *National Geographic*, Vol. 158, no. 6, 1980, pp. 753–65.

Nicholson, Irene. *Mexican and Central American Mythology*. London: Hamlyn, 1967.

Nuttall, Zelia. *The Book of the Life of the Ancient Mexicans: Containing an Account of Their Rites and Superstitions* [Codex Magliabechiano]. Facsimile edition. Translated and with introduction and commentary by Zelia Nuttall. Berkeley: University of California Press, 1903.

Peterson, Frederick A. *Ancient Mexico*. London: George Allen and Unwin, 1961.

Prescott, William H. *Conquest of Mexico*. New York: The Junior Literary Guild, 1934.

Roberts, Jr., Frank H.H. "In the Empire of the Aztecs." *National Geographic*, Vol. 71, no. 6, 1937, pp. 725–50.

Sahagún, Fray Bernardino de. *Florentine Codex: General History of the Things of New Spain*. Translated by Arthur J. Anderson and Charles E. Dibble. Santa Fe and Salt Lake City: The School of American Research and The University of Utah, 1950-1982.

Schezen, Roberto. *Visions of Ancient America*. New York: Rizzoli, 1990.

Shearer, Tony. *Lord of the Dawn: Queztalcoatl, the Plumed Serpent of Mexico*. Healdsburg, Calif., Naturegraph, 1971.

Torres-Quintero, Gregorio. *Leyendas Aztecas*. Mexico, D.F.: Herrero Hermanos Sucesores, 1926.

Vaillant, George C. *Aztecs of Mexico: Origin, Rise, and Fall of the Aztec Nation*. Revised by Suzannah B. Vaillant. Middlesex: Penguin, 1989.

Wise, Terence. *The Conquistadores*. London: Osprey, 1989.